善人は、なぜまわりの人を不幸にするのか

曽野綾子

祥伝社黄金文庫

まえがき

先日一人の警察関係者に会った。責任ある地位の方で、地方に勤めていた間は、忙しい上、緊張の連続で、まともに読書もできなかった。そうした人間関係や組織のむずかしさがちょっとした圧迫になっていた時に、数分、数十分でも読めるように編集されている私の本をずいぶん読んでくださったという。

私は実は十数年前には、こうした抜粋の本には賛成ではなかった。本というものは、退屈とも付き合い、時間もかけ、体力も使って読むものだと思っていたのである。しかしそんなことを言っていたら、現代の忙しい仕事に関わって生きる人たちは、本を手にできなくなる。

人生には実にさまざまな形があっていいのだ、というのが私の昔からの考え方ではあった。これでなければならない生き方などというものは、幼稚であり頑《かたく》なである。年を取るほどに、あの人にもこの人にも、あんな生き方にもこんな生き方にも、深い叡知《えいち》と魅力を感じられるようになったのだから、本そのものにも、読書の形態にも、さまざまな形があっていいのだと私は思うようになった。警察の厳しい勤務の間に、ふっとこんな生き方があるんだ、と思っていただけたとしたらそれは作家として最高の光栄であった。

私は東京の小さな会社の経営者の娘に生まれた。だから酒乱の父とか、質屋通いをする母とかいうものとは無縁で育った。私の周囲は、善意に溢《あふ》れたまじめな人が多かった。

私はぜいたくというよりほかはない環境に生きていたということはわかる。後年、私は途上国に度々《たびたび》旅行するようになって、貧しい人々は決して誠実でもなく、必ずしも親切でもないことを知った。もちろん例外はいくらでもある。私の知人はインドに長い間滞在してタクシー・ドライバーたちがどんなに小狡《こずる》いかを日常いやというほど体験していた。しかし或《あ》る日、彼がひどい下痢に苦しんで、意識が遠のきそうになっていた時、その小狡いドライバーの一人が彼を病院に運び、しかも料金さえも取らなかったというのだ。こういうことはよくあるのである。

善意の人々は、自分の好み、自分の思想、が正しいのだから、それは世間にとってもいいことだ、と疑ったこともない。たとえ正しいことでも、世間では、その正しさが相手を苦しめることもあるなどとは夢想だにしないのである。もちろん家族や世間を困らせるのは、いわゆる犯罪であり、悪意や憎悪である。しかし善意もまた、時には油断がならない。

そうした意識ができたのは、私がごく若い時からだということは、今回集められたものが、珍しく私の初期の作品から現在にいたるまで、どの時代からも満遍《まんべん》なく採られていることでもわかる。つまりこれはよくも悪くも私の最初からの「性根」、作家になった基本的な姿勢だったのだろう。

しかし私としては終始、この中で書かれている「平和は善人の間には生まれない」という一人の神父の、毅然《きぜん》として人間の潜在的な悪とその悪の持つ任務に耐《た》える姿勢を、よりどころにしたい気分である。

いつものことだが、こうした本が作られたのは、祥伝社編集部の長い年月の慈愛と努力と忍耐の結果である。そのことに深い感謝を捧げている。

曽野　綾子

目次

7 傷ついた人にしかわからないことがある……233

1

善意は何をもたらすか

人の悪に対して鍛《きた》えられるとき

私は善意に溢《あふ》れた人を、嫌《きら》うと言うより、やがて恐怖を抱くようになった。音楽の好きな人がいた。クラシックがその人の生活の一部になっていた。私が訪ねて行くと、その人は必ずクラシックをかけてくれた。音楽の装置は、私の家には全《まった》くないほどのすばらしい「ステレオ」だった。しかし私は人と話をしながら音楽を聴く趣味がなかった。音楽もその場合はうるさく感じられた。

まだもののない頃《ころ》、知人の母上は優しかった。ある夏、私はその家によばれ、ほとんど三時間近く待たされたあげくにおハギをごちそうになった。私はどちらかというとその頃から甘《あま》いものが好きではなかった。その三時間にしたいことがたくさんあった私は、おハギのできあがるのを待つことがむしろ苦痛だったのだ。

結論を先に言わねばならないのだが、私は人の善意や厚意を元にした世間の美談に素直に喜べない性格になっていた。そしてそういう自分の性格に反射的に嫌《けん》悪《お》を抱いてもいた。どうして私は偉い人や、心根のいい話にすぐ感心できないのだろう。いや感心しないことはないのだが、反射的にそのできごとに含《ふく》まれる裏の事情や、口には出されなかった部分を考えてしまうと、どうしても一途《いちず》に話に酔うことができないのである。それが子供の時に家庭内で受けた心の傷の後遺症だろう、と自覚しているのである。

ただ人は誰《だれ》でも、自分が受けた運命を甘受《かんじゅ》するほかはない。生まれた時から足に障害がある人は、障害そのものを完全に治すことは多分できないのだから、その状態を自分の特徴として生きるほかはない。眼《め》がよくないので人との交際を恐れた結果、世間を狭《せば》めても生きて行ける小説家の道を選んだ私は、視力がよくないという状態を受け入れるほかはなかったからなのだ。私の眼の能力がよくないからといって、私は自分の眼を「すげ替える」ことはできなかったのだ。

つまり私はもの心ついて以来、物事には裏があり、人には陰があると信じ、疑い深く見て、生きてきたのである。しかしその結果は信じがたいことだったが、私は人に裏切られたことがないのである。

仮に私が人からあらぬ疑いを掛けられたとする。釈明の機会を与えられれば、私は一生懸命弁解するだろうが、その機会も与えられないまま、先方が私を悪い奴《やつ》だと信じたとする。すると私は「ああ、そういうこともあるだろうな」と諦《あきら》めるのである。諦めることは私の得意中の得意であった。

もっともそんなことを言える大きな理由は、私が神を信じているからである。人にはわかってもらえなくても、神は「隠れたところにあって隠れたものを見ている」のだから、神にさえ知られていれば、それでいいような気もするのである。

私はつまり子供の時から、人の悪に対して鍛《きた》えられたのだ。すべての家庭が穏《おだ》やかでもないだろう、とも思えたし、家庭内暴力にさらされている家庭でも、詐《さ》欺《ぎ》や盗みをする人が出るよりましか、と計算したりもしたのである。

「ただ一人の個性を創るために」

善人が他人を不幸にする理由

善人は自分勝手に幸せになるけれども、まわりの人は不幸になることがあるの。善人は自分に自信があるから困るんですよ。人の心がわからなくて、自分が善人であることにあぐらをかいているから。

「人はみな「愛」を語る」

私は最近、おもしろい嫁と姑《しゅうとめ》の例を聞いたばかりである。嫁がかわいくてかわいくてたまらぬ、という姑がいた。嫁も姑になついて、こんなにまで親身に思ってくれるおかあさんは、めったにいるものではないと思って親しんでいた。ところがこの嫁は、間もなく心臓の発作を起こすようになった。そうなると姑さんは心配でたまらない。いつなんどき嫁に発作が来て重大なことになるかも知れないというので、昼は枕許《まくらもと》につきそい夜も隣にふとんを敷いてそい寝をした。それでも心臓は一向によくならない。入院させたら（ということはつまり姑をひき離したら）、嘘《うそ》のように症状が軽くなった。

素人《しろうと》の私が、こういう例に軽々しい解釈をつけ加えるのは、本来ならさし控《ひか》えなければならないが、心理学の本をこれから読み始めようとされる方々へのちょっとした足がかりとするために、敢《あ》えて簡単な解釈を下せば、この嫁は実は姑を憎《にく》んでいたのである。二人はともに愛と憎しみの本質を、見極めていなかったのである。彼らは善意の人々であったのだろう。その心に、他人との間にも、実の母子同様の感情が成り立つという美談を自ら認めたかったのだろう。

しかし、善意の人々の困るところは、善意であると彼らが信じたがっているものが、しばしば、真実を見ることを避けさせ、そのために、知らず知らずに相手を傷つける結果をもたらすことである。

この姑は、嫁をそれほどかわいくはなかったのだ。むしろ息子をとられたという憎しみが人並みにあったとさえ思われる。

しかし、この老夫人は、その醜《みにく》い感情を素直に自分に受けいれることを容認しなかった。そのために愛という名のもとに、嫁が息子と近づけない残酷な方法を、次から次へと考え出し、しかもそれを意識しなかったのである。

「続　誰のために愛するか」

「親子ってのはやり切れないわね。両方が善意なんだから」

信子は呟《つぶや》いた。

「父さん、僕《ぼく》は善意の悪って、悪意の悪よりずっと始末に悪いと思うよ。だから僕は善人なんて嫌《きら》いだ。神さまみたいな奴なんて信じない。傍《そば》によるのもいやだ。そこへ行くと、悪人はいいよな。悪人なら、こっちはあらかじめ逃げ出すこともできる」

「太郎物語〈高校編〉」

《神様、本当にこの人は善人といえるのでしょうか》と私は周囲の人の視線に守《まもる》に代って身を固くしながら、祭壇にむかって語りかけた。

《この人は、周囲のすべての人を悪人にみせてしまうのです。その善良さのために、接近して来るあらゆる人に、罪の意識をおこさせる人なのです。自分一人が祈り歌うために、他の人々からあなたと静かに語るチャンスをとり上げて気づかない人なのです。けれど誰もこの人を責めることは出来ません。この人は、何一つ意識して罪を犯すことの出来ない人なのですから。今日のこの人の行動のうち悪いことといったら、ただ一羽の鸚哥《いんこ》を殺したことだけでした。それに対して私達はどうしたらいいのでしょう》

「雪あかり〈鸚哥とクリスマス〉」

「甘え」を呼ぶ善意、残酷な親切

いつの間にか、私たちは、親切な人間がいい、と考えるようになった。もちろん、その原則は今も変わらない。他人が困っているのを見捨てるよりは、救う方が美しいに決まっているからである。

しかし善意だけあれば、それで世の中は通ると考えたら、それはまた大きなまちがいなのである。善意の半分くらいは確かに人を救うが、残りの半分は迷惑をかけるのである。

その一つのタイプに情の厚い人間がいる。そのような心根の人は、すぐ他人に同情する。同情して手を貸す。このことじたいは決して悪いことではない。しかしこのような手の貸し方が、ことの本質を少しもはっきりさせず、そのことを自ら解決しなければいけない当事者に甘える気分を起こさせることも本当なのである。

「人びとの中の私」

模様が下手《へた》くそで、配色がおかしくて、技術が悪いアフリカの刺繡《ししゅう》には時々まいることがある。そういう刺繡が日本の教会では、バザーで売れるなどという幻影を抱かせることは、過剰《かじょう》な親切でよくないと思う。売り物にならない技術だということを、はっきりわからせることが、むしろ本当の親切である。アフリカの人に差別を抱かず平等に付き合う、というのなら、こんな下手な刺繡はだめよ、とも言えなければならない。

「社長の顔が見たい」

私の体験から言うと、一般的に、資金の全額を出してあげるのはよくないと思います。理想を言えば、相手が五十一パーセントでこっちが四十九パーセント。そうすると、こちらも威張《いば》らないし、向こうは誇りを持てる。そして、その後どう真剣に自助努力していくかを見守ったほうがいい。

困った人を助けるというのは、人道の大原則です。しかし、うっかりすると、乞食《こじき》根性を植えつけてしまいかねません。たとえば国連の難民キャンプに入れば、粉と砂糖と油と燃料は配給される。そうすると、生活はそれなりに安定して、難民には申し訳ないけど、そういう難民を業《わざ》とする人々の発生を許します。

「日本財団9年半の日々」

祖母の健康がめちゃくちゃになったのは、母のおかげだった。母が家の中の一《いっ》さいを切りまわすようになって、祖母を仕事から追い出してしまってから、祖母は目に見えて気力も体力もなくなった。食事が合わなかった上に、可哀《かわい》そうな祖母はふくれた胃袋《いぶくろ》をかかえて仕事もないし、働けば嫁にとめられるしで運動不足になったのだ。もちろん母は自分が悪いなどとは少しも思ってはいまい。それどころか、自分は常に賢く、家族中で一番祖母のことを気にしているという信念すら持っていた。そしてそういうひとが、えてして親切にしようと思っている相手に、一番悪いことをしているものなのだ。

「遠来の客たち〈火と夕陽〉」

「死んだ人には服も時計ももう要《い》らないの。だから皆で分けるのよ」

「あの人たち、ルワリエ夫妻の服を剝《は》ぎ取った、というの？　埋葬の前に」

「教会の中にいる人たちは、お金が要るのよ。そのことを考えてやらなきゃいけないよ。お金も食べ物も尽《つ》きかかっている。それでも子供は食べ物をせがんで泣くんだよ」

（中略）

「ひどいわ。追いはぎだわ。死んだ人が裸で埋葬されるなんて、そんなこと、人間の尊厳に関わることだわ」

「あんたは、尊厳を食べたことある？　尊厳では多分、お腹は膨《ふく》れないと思うよ。そんなことを言っていないで、スープをちゃんと飲みなさい」


「哀歌（上）」

ローマ教皇ヨハネパウロ二世が、生前故郷のポーランドへ帰られた時のニュースを今でもよく覚えている。手許《てもと》にメモを用意してなかったので、内容が正確に覚えられなかった面もあるのだが、両親と兄弟の墓参りをされた場面であった。

教皇はかなり前からパーキンソン病《びょう》を患《わずら》っていらした。（中略）

私がそのテレビで胸をうたれたのは、父母の墓の前まで来た教皇が、もはや車から降りることができなかった、ということではない。墓の周囲にびっしり人がいた、ということである。墓がどこにあるのか、地名も書き留められず、地図も手許になかった。しかし、そこには地元の人々が、びっしりと墓を取り囲むようにして立っていた。市長か村長、村の教会の神父たち、村の顔役、近くにある女子修道院のシスターたち。そういう人たちだったような感じだ。皆善意に溢《あふ》れた人たちばかりだ。教皇がこの田舎《いなか》町とゆかりのあることを光栄に思い、教皇を一目見たくて、盛装してやって来た人たちだろう。

しかし時とすると、善意ほど恐ろしいものはない。悪意は拒否できるが、善意は拒否する理由がないからだ。教皇が本当にひさしぶりに、父母（の墓）をじっと見つめた時、墓の後ろには子供たちの一団がいて、歌を歌った。もちろん慰霊《いれい》の歌だったろう。

しかしこの残酷な計画は、教皇から、無言の輝くような沈黙の中にしみ透《とお》る親子の会話を奪った。歌なんかなぜ歌ったのだ。なぜ教皇を、風と野の草だけが立ち合う野辺の語らいの中に置いてあげ、彼らはその場を去らなかったのだ。

教皇には自分の時間がなくても仕方がない、それが犠牲だ、と言う人もいる。「子供たちが両親のために歌を歌ってくれた優しさをお喜びになったでしょうよ。あなたはそう感じられないの？」と言った人もいた。私は感じられない。死、親子の思いは、個人のものに還《かえ》してあげたかった。

こういう残酷な親切もあるのだ。だから私は悪意の人より、善意の人が怖いのである。

「社長の顔が見たい」

世の中の三悪「おきれいごと」

世の中の悪には、少なくとも二種類があった。一つは殺人、放火、誘拐《ゆうかい》、窃盗《せっとう》、詐欺《さぎ》などのように他人の身体・財産に明らかな危険や損害を与える行為である。

もう一つは名誉毀損《きそん》、脅迫、思想統制のような純粋に精神的な圧迫だけだが、それが人間の暮らしに大きな影を与えるものである。

これに加えて、私は最近「第三の悪」があると思うようになった。それは、大の大人がこんなおきれいごとを言うことの迷惑である。

政治家というものは、明らかに心にもないことを言うものだ。ほんとうのことを言っていたら、国民にも新聞記者にも叩《たた》かれてやっていけない職業なのである。アメリカのミサイル防衛に何の危惧《きぐ》も抱かないのなら、中ロは決して今になって条約など結ばないだろう。それは明らかにアメリカを仮想敵国とし、アメリカを牽制《けんせい》する目的のためにできたのである。

プーチン大統領が世界平和のために云々《うんぬん》したと報じるだけはいい。しかし大人であるべき新聞の社説がこんな高校生まがいの記事を載《の》せ、かつ特定の国を敵視しないことなどが、現実の問題としてできるかどうか考えもせずおきれいごとを述べるのを読んでいると、世にも甘い青年ができる。これを第三の悪だと私は思うのである。

勢力の均衡《きんこう》によって戦争に至らない状態というのは、仮想敵国を想定し、お互いの間に何が起こるかを繰り返し繰り返し、予測し、修正し、また予測して、妥協案を考え出すことでやっと可能なものとなるであろう。

ほとんど地球上のすべての国が、必ず特定の国を敵視している。多くの場合、それは隣国だ。しかし人間の英知と計算が、敵視するだけでなく、それをどうしたらアメとムチでごまかして緊張を緩和していけるか、を考える。もちろん中には、そんな国際的な緊張を計算せず、ひたすら人道的な意味で相手国に貢献しているグループもいる。しかし特定の国を敵視せず、相互の協力、協調だけで、相手も紳士的に振舞うなどということは、通常期待できないことだ。侵入の方法は、飛行機や戦艦で攻めてくる以外にいくらでも方法がある。麻薬、ニセ札、最近ではハッカーの手口もそれに入るだろう。

どこの国でも、近隣の国は利害が一致せず、肩肘《かたひじ》張っていないとこちらがやられてしまうものだ、と教える。しかしそれだけではない。そういう相手に対しても、隣人であるが故《ゆえ》に、いかなる感情も超えて助けなければならない場合があるのだ、とも教える。その対立する二つの現実に賢く耐《た》えるのが大人なのだ、と教える。いわば着物にしたら裏をつけた袷《あわせ》の含《ふく》みである。日本人の精神は一重《ひとえ》ばかりだ。ことに国際関係で敵視をしないこと、というのは現実に離反した考えである。

人間は、時には好意を持って、時には憎悪によって相手を理解する。好意だけで、相手を完全に理解できれば、こんないいことはないのだが、人間の眼が鋭くなるのは、多くの場合、憎悪によってである。

いずれにせよ、我々は相手を見る目利《めき》きにならなければならない。善意だけあって、相手が何を考えているのかわからないようなお人好《よ》しを作るのも迷惑至極である。

「ただ一人の個性を創るために」

恐ろしいエゴイズムに陥《おちい》るとき

幸い、体は健康ですから、もう一期、さらにもう一期と言われた時に延期することはできました。しかし、できるだけ早く辞めるべきだ、という思いは抜けませんでした。私は趣味で畑仕事をやっていたので、少しは作物について詳《くわ》しくなっているから、どうしても「連作障害」という言葉を思い浮かべてしまうんです。たとえばトマトを植えた畑は、翌年必ず何か他の作物を植えなくてはいけない。トマトはナス科だから、ナスも植えられません。素人《しろうと》が連作してもどうにか続くのは、ウリとか菜っ葉類ですね。菜っ葉でさえ、小松菜の後には、同じ小松菜ではなく、ほうれん草を植えるほうがいいのです。

人間もそれと似たようなものだと思います。同じポストに一人の人間が長くいるのはよくありませんね。必ずそこに物の見方の定型化、この仕事は「自分の仕事」と思うナワバリ意識、財団の財力を利用する人たちとの癒着《ゆちやく》が起きる可能性が大きいからです。

「日本財団9年半の日々」

或《あ》る日、珍しくテレビに出た。教育について話し合うためだった。そこには何人かの知的な奥《おく》さんたちも出演していた。

その中に、一際《ひときわ》きれいな和服姿の奥さんがいた。私の好きななで肩で、夏というのに、絽《ろ》の着物を涼しげに着ていた。

その奥さんが、時々、「主人がしてくれないもので」という言い方をするのが、気になったが、本番が終わるまで、私はそこによくできた幸福な家庭の典型を見ていた。「主人がしてくれないもので」という言葉に引っかかったのは、私は、何かを他人のせいにすることが、わりと気になるたちだからであった。「主人がしなくて」という場合、自分も似たり寄ったりのことをしているケースが多い。

本番が終わって、遅い朝食が出た。皆、解放された気分で雑談をした。するとこの和服の美人が言った。

「先生ね（中に現場の先生が一人おられた）、通知表に、いろいろ先生方が書いて下さる欄《らん》があるでしょう。それをうちの子供の受け持ちの先生はちっとも書いて下さらないんですよ。がっかりしちゃうわ」

私は、生まれつき根性の悪い女だから、「書くことがない生徒というのは、わりと平凡な性格だからじゃないんですか」と言いそうになって、黙っていた。いいにせよ悪いにせよ、目立つ子については、先生は書きたくなるものである。可もなく不可もないから書かないのであろう。いやしかし、と私は思いなおした。その受け持ちの教師は私と同じくらい生来のナマケモノなのかも知れない。よかろうと悪かろうと、全《まった》く仕事をさぼるために書かないのだったら、それはやはりよろしくない。

「それでね」

とその和服の奥さんは言った。

「私、考えて、子供についてその日に思ったことを毎日ノートに書いて、翌日先生にお届けして、それについて、必ず先生のご返事を頂くようにしましたの」

「毎日ですか？」

現場の先生が困ったように言った。

「私なら、そんなのに、いちいち返事を書かないわ。私はたまりかねて言った。他の子供たちもいるんですもの」

この恐ろしいエゴイズムは、自分の子供に関するノートをつきつけて返事を要求することが、忙しい教師（他の数十人の子供たちをも見なければならない先生）に対して、どれくらい心理と現実の迷惑を与えているかをわからない、厚かましさから出ている。この人は教師を独占しようという腹なのである。自分の行為の単純な影響を考えられないという人は、先刻も言ったように、人間ではない。しかし、このような母親が教育熱心だと思われているのが、今日の世の中なのである。

「人びとの中の私」

貞春《さだはる》は母娘の会話を聞きながら、二人とも精神年齢が同じくらいだから困るのだ、と思った。香苗《かなえ》は肉類を嫌いだというのではないが、どちらかというと魚の方が好きなことくらい、母親なら知らないわけはないのである。それにも拘《かかわ》らず、真弓《まゆみ》は子供というものは、肉が好きなものだ、と思い込んでいる。

これで香苗がもう少し年をとって、人間にうまみが出てくれば、大して食欲がなくても、ステーキをおいしがって食べてみせることくらいできるようになるのである。もっとも真弓は、心理のブレーキのぶっ壊《こわ》れているような性格だから、一度、おいしいと言おうものなら、大人気《おとなげ》を出して褒《ほ》めてみせた相手がうんざりして、実はあれはお世辞であったと匂《にお》わせたくなるほど、同じものを食べさせ続ける。

「誠実」という言葉を聞く度に、貞春が連想するのは、妻のそのような性格であったが、それでもなお、相手の心に満足を与えるためなら、大して食べたくないものでも、喜んで食べてみせるくらいの芸当は、いと易《やす》いことだと考えている。そして貞春が、娘の香苗に期待するのは、せっかく、このような母を持った以上、せめてそれくらいの複雑な心理と忍耐心を持った子に育ってほしい、という素朴《そぼく》な願いであった。

「神の汚れた手（上）」

トフラーの言う、インターネットは「個人が多様なライフ・スタイルを持てる」というのも、どうにか平和を維持している民主主義が可能な先進国だけに通用する話である。早い話、以前にも紹介したような厳密な階級制度が、今もなお人々の心の中で厳然として社会構造を造っているインドなどでは、とても個人が

「多様なライフ・スタイル」など選びようがない。多くの人の場合、多様なライフ・スタイルと言っても、それはちょっとした便利さを選べるというだけの程度だ。

トフラーの論理には、基本的な人間の宿命に関する視野が欠けている。まず人間は、経済的、社会的、政治的、能力的、心情的しがらみの中で生きる他はないということだ。インターネットでそれが打ち砕《くだ》かれるなどということは普通あり得ない。それを敢《あ》えてする場合には、それと同等かそれ以上の軋轢《あつれき》を覚悟で、周辺の圧力を捨て身で排除しなければならない。

殊《こと》に最近の日本のように、自己が弱く希薄《きはく》になり、人の思惑《おもわく》を恐れ、人と同じでなければ不安にとりつかれる癖《くせ》に人より目立ちたいという幼い自己矛盾《むじゅん》にも気づかず、暑さ寒さ不便全般に耐えられず、自分の利益は考えても人のために尽くすことには全く反応せず、他者の存在さえあまり意識しない人たちが、どうして有り余る情報の中から、自分のライフ・スタイルを選び取れるか、全く至難の業だろう。

「沈船検死」

極端と極端の二人のように見えていて、実は野口と坂部《さかべ》は案外似ているのではないかと華子《はなこ》が思い出したのは、しかし間もなくのことであった。華子を救い出すために、野口夫妻の生活の秘密をつぶさに知ろうというのも、実は、華子をたすけようとする目的のためよりも、華子を野口から奪う口実をせっせと作っているにすぎないことを坂部は気づいていない。つまり坂部は誰が何と言っても、野口を悪玉に、自分を善玉にしたてあげたいのであった。そういう子供のような正義感しか、坂部の行動の原動力になれないのである。坂部は自分の卑怯《ひきょう》さや残忍さを認めることが出来ないという弱味をもっている癖に、一人前にひとを愛するつもりらしい。

「わが恋の墓標〈海の見える芝生で〉」

相手を疲れさせる見当違いの情熱

辰彦《たつひこ》は性格も悪くなければ、能力がない訳《わけ》でもない。只《ただ》、彼は、秀才《しゅうさい》の親の家に生れてしまったばかりに、凡庸《ぼんよう》であることが許されなくなってしまったのだ。親も凡庸であることを認めず、辰彦自身もそれで済むとは思っていない。そんな理由にもならないことのために、辰彦は、〃やる気を失って〃しまったのだ。今や、彼にとって、ふてくされることが、仕事であり、唯一《ゆいいつ》の意思表示であり、目下のところ手ごたえのある行為《こうい》なのである。しかし太郎は、青木の両親や、辰彦当人を、非難する気もなく、同情する気分にもならなかった。辰彦がこうなったのは、青木家の「向上心」という情熱の結果であった。誰もが何らかの形でおろかしい情熱を持っている。自分にとっては、それが必要欠くべからざるものと思い、それが他人の場合はばかばかしいものに見えるというだけのことである。

「太郎物語〈大学編〉」

「しかしなあ、越さん、俺《おれ》はずいぶん無茶な金の使い方もしてよ、競輪やったり、トルコ風呂《ぶろ》へ行ったり、パチンコ通いしたり、ろくでもねえ金の使い方したけどよ。三十万円、裏口入学の金作るのは少しも苦にならなかったぜ、楽しかったよ。息子が背広着て丸ノ内へでて行く姿がみえるようでさ。その金作ったおかげで子供に嫌《きら》われて家出されるなんて考えなかったね」

「二十一歳の父」

「どうしてご主人には言わないの？」

「もちろん、言ったんでしょう。しかし旦那は『おふくろのやってることは善意なんだから、僕にはそれをするな、とは言えない』って言うんだそうです」

「善意ほど困るものはないのよ」

私は言った。

「そう思いますか。善意を否定するのは、むずかしいね、って僕は言ってたところなんですけど、善意はやっぱりよくないですか」

「否定はしません。ただ、善意の持ち主はいい気分で、こちらは深く困るだけなの」


「一枚の写真」


「僕はねえ今ダメになっても卿子さんがイヤなんじゃ仕方がないと思ってる。だけど残念なのは、僕達二人が今まで一度も素顔で話し合ったことがないような気がするからなんだ。」

「そんなことはないわ。私、大ていの場合、ありのままになろうと思って必死だわ。けれどあなたに何かお答えする時、私はいつでも全部いうことが出来ないの。答えの一部分が私の中に残ってしまうの。」

「例《たと》えばどういうこと？」

「何かきいてごらんなさい。いい例が思いつかないから。」

「僕の母は好きですか？」

「好きよ。いい方ですもの。」

「そして、どういう事がふせてあるんです？」

「じゃ申しましょうか。あなたのおうちの昔《むかし》ながらの美しい家風の原動力になっている、お母さまの犠牲的精神が嫌いなんです。お客さまがあると真心こめたお膳《ぜん》をおつくりになる、その度毎《たびごと》に、お母さまは前の晩に徹夜なさるというでしょう。」

「僕だってそれを美徳だなんて思ってやしない。けれど、母はそうすることが好きなんだから。それに僕は卿子さんや他の人に、母のやり方を真似《まね》しろとは決して言わないつもりです。それでいいんじゃないかなあ。」

「そうね、本当にいいの、それで。悪い筈《はず》はありませんわ。」

私は理由もなく涙がこぼれそうになった。総《すべ》ては無駄な試みであった。何もかもぶっこわす気でつっかかってみても、彼の善意は弾力のある網の目のように、私の気力を中途でかすめとってしまう。


「雪あかり〈鸚哥とクリスマス〉」

善意は自分自身をも縛《しば》りつける

これは人から聞いた話だが、或《あ》る奥さんが、友人から、真珠の首飾りを貸して、と頼まれた。何でも親戚《しんせき》の結婚式に出るのに、適当なアクセサリーがなくて真珠の首飾りさえあれば身なりが整うのだが、首飾りを買う余裕がちょっとないので、一日だけ貸して、と言われたのであった。

首飾りを持っている奥さんは、当然のことながらそれをお宝だと思っていた。それは彼女自身の結婚式の時の思い出の品だったし、しかもかなり上等品であった。しかし貸してと言われると、いやと言えなくて、彼女は心ではいやいや、口では「ええ、どうぞどうぞ」と貸したのであった。

ところが、友人の話によると、式に出るために電車に乗るとラッシュアワーでもないのに電車はひどく混んでいた。押《お》し合いへし合いしている間に、誰かの傘が、そのネックレスにひっかかった。すると糸が切れ、真珠はばらばらに車内に散った。

そのうちの大半は、どうやら拾い集めた。しかし、途中で降りて行く人と一緒に蹴《け》り出されたものも、あったのであろう。盗まれたのもないとは言えない。結局、友人が回収したのは、全体の五分の三くらいの数の真珠だった。

「ごめんなさいね」

とその友人は謝った。

「だけど、主人が、お前が勝手に借りたんだ。お前の見栄《みえ》だ、と言うだけで、お金を出してくれないのよ。本当に申しわけないけど、買ってお返しできないのよ。私、そうしようと思うと、盗みでもしなきゃ、自由になるお金ないの」

こうまで言われると、盗んででも弁償《べんしよう》して頂戴《ちようだい》とは言えなくて、ネックレスの持ち主はそのまま引き下がって来た、と言うのである。

この場合、首飾りは二つの意味を持っていた。それは高価なものであると同時に、結婚記念の思い出を持っていた。もしネックレスに傷がつくと、この人は思い出と高額の金と両方を失うことになるのであった。そのような危険負担の大きいものを、貸したり借りたりしてはいけないのである。この事故は運が悪かったのでも、ついていないのでもない。双方が起こるべき危険を予期しなかっただけのことなのである。

「人びとの中の私」

小夜子《さよこ》、お前にはとても母さんを縛《しば》りつけた、控え目な昔ながらの善意が信じられないだろうね。お前は母さんが今も正しく美しいと思っているそうした節度を、むしろ掘り起こされて太陽に当てられたことのない、埋もれたままの野蛮さの一部に考えているらしい。とれるものは、手に届く範囲にあるものは、欲しければとったらいいじゃないかという、お前のいきいきとしたむき出しの無鉄砲さが、もし昔の母さんにあったならば、何もかも随分《ずいぶん》変っていたろうねえ。

「遠来の客たち〈鰊漁場の図〉」

或る日、私は僅《わず》かな金を友人に貸した。決して悪気ではなく、彼女はその金を貸してもらったことを忘れてしまった。私は返してくれと言えばいいのに、それが言い出せなかった。私に当時、金があったら、逆に私は、

「あ、そうそう、あのお金、いつ返してくれる?」

とさらりと言えたと思う。私は金にこだわっていながら、そのことが言えなかった。いや正確に言うと、金にこだわっていたからこそ、そんなことは言えなかったのである。

その結果どうなったか。

その友人は昔から親しい人で、私にとっては大切な存在だったにも拘《かか》わらず、私は彼女に微《かす》かなウラミを持った。たまにそれくらい、出してあげることになってもいいのだ、と理性では思えても、感情としてはそう考えられなかった。そして、私はそのような自分が悲しかった。わずかこれっぽっちのお金のことで……と私は自分がみじめに思えてならなかった。

私が、金はあった方がいい、と思うのは、その時のことを思い出すからであ

る。特別に偉大な人間でない限り、金はあってもなくても人間を縛る。金のありすぎる人は、金の管理に多大の時間と心理と労力を割《さ》かねばならないであろう。と同時に、金がなさすぎると、僅《わず》かな心理も増幅して感じるようになる。相手としては返すのを忘れただけなのだが、そのことが自分をバカにしているように思われたり、不当なウラミになったりする。

「人びとの中の私」

「偽善者」とは誰か

今度の戦いで、日本人の多くは事実の裏も読めず、厳しい現実にも参加せず、個人的な命やかなりまとまった金を捧《ささ》げることもせず、アメリカを離れてどうしたら国を守る現実的な制度ができるかに改めて触れる勇気もなく、ただその場限りの平和を唱えることで、自分は善人であることを証明しようとした。そういう人々を——私をも含めて——ほんとうは卑怯《ひきよう》者というのである。

「アメリカの論理　イラクの論理」

お葬式の日に、松岡《まつおか》夫妻は、三十分も、木暮《こぐれ》夫妻の前で畳に手をついたきり顔をあげられなかったそうです。それに対して、キリスト教徒の木暮さん夫妻は、決して怨《うら》みがましいことは言いませんでした。木暮さん夫妻にとって、幸子はひとり娘だったのです。その娘が死んでも、恭子がそれによって生きたのなら、死んだ娘の生命は続いているのだ、と木暮夫妻は言ったというのです。

しかし、事件後間もなく、木暮夫妻は、松岡家の近くに家を買って移って来ました。

幸子の思い出ある家にいたくない、というのと、松岡家の近くにいて、よそながら恭子の成長ぶりを眺めていたい、というのが、その理由でした。

「恭子さんを幸子同様に思わせて下さいね」

その寛大《かんだい》な許しの表現を、理屈の上では、松岡家としては感謝すべきものでこそあれ、いささかも迷惑に思うべきものではなかったでしょう。しかし、木暮家が近くなってから、松岡家の生活には、暗い、重苦しい心理的な圧迫がつきまとうようになりました。

（中略）

夫人の泣き声がその時、空気をひき裂くように聞えました。

「あの偽善者奴《め》！」

温厚そうに見える松岡氏が、その時初めて荒々《あらあら》しい言葉を口にしました。

「俺は今、一人だけ、ぶち殺したい思いになっている相手がいるんだ」

松岡氏は呟《つぶや》きました。

「――――」

「あの、木暮の母親だ。あいつは自分の娘が恭子のために死んだ復讐《ふくしゅう》を遂《と》げたんだ。お前にはわかるまいが、あいつは怨むべきところを親切を尽《つ》くすという名目で、恭子につきまとった。はっきり意識しているかどうかは知らんが、あの女は、心のどこかで、自分の親切や、幸子さんの思い出が恭子をやっつける効力のあることを知っていたんだ」

「まさか」

「いいか、娘二人はどちらも死んだんだ。向こうは肉体的に死んだし、こちらは精神的に死んだのかも知らん。どちらがいいか……お互いに相手が恵まれていると言うことになるだろう。しかし、どちらも、あの日以来、生きられなかったんだ」

「夜の明ける前に〈死者の手袋〉」

よく書いていることだが、にっこりすることが、善意と友好の表現、ということには必ずしもならない土地もある。アフリカの広範《こうはん》な地域では、私たち「外国人」は皆悪魔の眼を持っていて、微笑やその他の行動でそれに見入られると、悪魔が彼らの体に入り込《こ》み、それによって病気をしたり、時には死ぬこともある、とされているのである。

私たち自身が「私は悪魔じゃありません。したがって悪魔の眼も持っていません」と言っても、相手がそう信じ込んでいるのだからどうしようもない。悪魔はことに、美しいもの、か弱いもの、人が羨《うらや》むようなものにとりつきやすい、と思われている。新婚の夫婦、若い美しい娘、生まれたての赤ん坊などがそれに当たる。したがって私たちがともすれば笑顔を向けたくなるようなこうした対象に微笑することは、避けなければならない文化を持つ土地は多いのである。

話し合いによる平和を実現しようなどと簡単に言う人々こそ、実は平和の敵だと私は思うことがある。平和などというものは、そんなに簡単に実現することはない。百人が死ぬかもしれない状況を、十人が死ぬことでせめて食い止められるなら、という厳しい現実に対処するのが政治というものだろう。

「ただ一人の個性を創るために」

ケンカ両成敗《りょうせいばい》というが、イスラエルとパレスチナの争いは、日本語で言うと業《ごう》のようなものを感じる。昔、突然、両国の間を取り持とうとした日本の政治家がいて、私は「できもしないことを」と思ったが、この両者は、争うことで年月を過ごしてきた、という言い方もできる。もっとも、この両者をいちばんよく理解しているのも、この両者だという言い方をする人は多い。

できれば穏《おだ》やかに暮らしたほうが楽だろうになあ、と思う時もあるが、それは必ずしもそうではないらしい。平和＝シャローム、サラームとは「欠けたことのない状態」を示しており、それはこの世にはないものと認識されている。「それほどのすばらしいものをあなたに贈ります」というニュアンスで、イスラム世界でも、ユダヤ人たちのイスラエルでも挨拶《あいさつ》の言葉として使われている。

しかし理想と現実とはかけ離れているものだ。その両者が、近い、か、近くあるべきだ、と信じているのは日本人くらいなもので、それゆえに、有権者もいい年をして「安全に暮らせる生活」を求め、政治家も平気でそれを約束する。総理の演説の下書きを書く方にお願いする。「安心して暮らせる生活」という言葉だけは使わないでほしい。こんな幼稚な表現をまともな意味で使うようでは、小説の新人賞の予選も通過しない。

「なぜ人は恐ろしいことをするのか」

善意とは、〝あなたらしい〟ということ

「善意でしたことでも、必ずしも正しいことばかりじゃないわ。でも正しくなくても仕方がないわ。人間はいつも正しいことだけをするものとは限らないから。善意、ということは、あなたらしい、ということだわ」

「感謝します、マ・スール。気が楽になりました。私のしたことは、私以上でもないし、私以下でもなかった……」

「そうよ。皆その人なりに誠実に生きたの」

「哀歌（上）」

その晩母さんは何度も思い返したあげく、木原さんに一通の手紙を書いたのだった。母さんの唯一の武器は、正直にありのままの気持を告げることしかなかった。一番月並みなことだったかも知れないけれど、「あなたをお慕《した》いする気持は一時の軽率なものではございません。それですから私は従兄の言葉が苦しかったし、またあなたのことをはっきりと心から遠ざけるという方策も尽きています」とも書き加えた。

その手紙を投函《とうかん》してから後の一週間を、私は夢を見ている人のように苦しみながら過した。最後のものを投げ捨ててしまったような思いもした。しかし木原さんは返事を下さった。母さんは今でも覚えているが、それは、

「あなたの手紙を読み一日中考えました」

という書出しで始まっていた。私はその一言だけでも胸を裂かれるように嬉《うれ》しかった。その短い手紙には、最近、西島朝一氏と木原さんがパリへ発《た》たれる事に決ったこと、自分はその間あなたを縛《しば》る気にはなれない。また自分も今は勉強以外の事には目をつぶる気でいる。淋《さび》しいけれど自由でもいなければならない。単

なる挨拶ではなくて、自分はこの問題を数年間のばすことが、あらゆる面からみてやはり正しいことだと思う、と書いてあった。

読み終った時、母さんは木原さんは本当の女の気持を御存じない、と思わずにいられなかった。小夜子、お前なぞにも母さんのその時の願いはとうてい理解できまいけれど、母さんは五年でも十年でも木原さんの妻として帰朝《きちょう》を待ちたかった。その間に木原さんの御両親に仕えて、その人達を愛して生きることが苦痛だなどとは思えなかった。変な言い方かも知れないが、私はたとえ木原さんの御両親が癩病《らいびょう》で手足もくずれ果てた重病人であっても、喜んでそのどろどろの血《ち》膿《うみ》の看護をしながら待ち続けたろう。母さんには木原さんの「賢い配慮」が淋しかった。

「遠来の客たち〈鰊漁場の図〉」

2 「知らない」ことの不幸

もし人間に不幸がなければ、その人は人間にならない

「…しかしこれは言っておかねばならない。苦悩ということは、人間にとって極めて大切な要素だということです。苦悩のない人間は、人間性を失う。神も人も見なくなる」

春菜はミシェル神父が、苦悩のない人は人間ではない、と言った言葉を二重三重の意味で考えることができた。

自分が果たして人間なのだろうか、というのが最初の思いである。春菜はアフリカへ来るまでは、ほとんど深刻な辛《つら》い思いで毎日を暮らしたことがなかった。唯一《ゆいいつ》の例外は春菜が二十歳の時、父が肝臓癌《かんぞうがん》を発見されて二週間で亡くなった一時期である。その時は、暗黒の世界のどん底に落とされたような気がしたし、その後の春菜が修道女として生きる道を選んだのは、明らかに父を失った影響だと思う。世間に名の通った一流会社の、日の当たる場所で仕事をすることは、確か

に大変ではあったろうが、父はそれをこなしていたように見えた。あれほど健康そうに見え、人に優しく家庭でも朗《ほが》らかだった父が、たった二週間の心の準備期間を与えてくれただけで存在が消え、声さえも聞こえなくなったのだ。当時の春菜はそのことをどう受け止めていいかわからなかった。

（中略）

もし人間に不幸がなければ、その人は人間にならない、というミシェル神父のパラドックスは、春菜の胸に刃物を突きつけるような衝撃を与えた。多くの日本人の、とりわけまだ結婚もしていない「遊び盛り」の若い世代には、驚《おどろ》くべきことに不幸がない。客観的不幸もなく、主観的不幸を発見する能力もない。それゆえに日本人は人間になる機会を失って、基本的に不幸なままなのである。

その反面、飢えも不条理も日常茶飯事のこの国の人たちは、不幸の定義など知らないままに生き生きと人間的なのであった。

「哀歌（上）」

私は中産階級の、両親が不仲な家庭に生まれた。だから私自身の性格も歪《ゆが》み、愛情がうまく育たない恐れもあった。しかしそうだとしても、それはそれで仕方がないだろう。愛情がうまく育たないのだったら、後から強引に見習って、いさささか人為的にでもいいから、一見自然に見える程度に、愛情というものだって無理やりに育てればいいのである。

経済的中産階級というものは、すばらしいものである。それは絶対多数の心情を理解できるという点に偉大な凡庸《ぼんよう》さを見ているからである。もちろん世の中には、不運な人もいるが、私の感覚では、怠《なま》け者と見栄《みえ》っ張りな人が、やはり貧乏していることが多かったように思う。

今の時代には、貧乏はすべて正義の証《あかし》、被圧迫の生き証人のようなことを言うが、そんなことはない。そうである人もいるし、そうでない自業自得《じごうじとく》もいる、というのが正しい。

私の父母は不運ではなかったうえに、勤勉であった。母はすばらしい働き者で、私と違《ちが》ってお針もうまく、ものを無駄にしない人であった。下着の話などして恐縮だが、母は昔の人だったから、戦前は着物ばかりで、木綿《もめん》のお腰をしていた。そのお腰は清潔で、いつも真っ白に晒粉《さらしこ》で漂白されており、しかも母は洗濯の度にその紐《ひも》にまでアイロンを当てて、新品のようにぴっちりと伸ばしていた。私は母のそういう律儀《りちぎ》さが好きであった。父も母も二人共勤勉だったから、私の家は中産階級になれたのだろうと思う。

我が家では、父が飲む酒を買いに行くのに、母が自分の着物を質《しち》に入れてから一升瓶《びん》を持って酒屋に行った、というような光景はなかった。父は酒に溺《おぼ》れる人ではなかったし、父母はきちんと蓄《たくわ》えをする人々であった。戦前父が直腸癌《がん》になって手術を受け、長い入院生活を強《し》いられた時、当時は健康保険などないのだから、我が家は確かに経済的に困窮《こんきゅう》したのである。しかしそれでもなお、隣家に米を借りに行くほどの貧乏はしなかった。だから中産階級というのはありがたいものだ、と私はしみじみ思うのである。

そういう経済的には恵まれた家庭に生まれたが、私は前にも書いた通り、生まれつきのひどい近視であった。人の顔が見えないから社交を恐れた。今でも、一度紹介された人の顔を覚えられない、という恐怖で、付き合いを避《さ》けたがる。つまり本質的には偏屈なのである。しかし偏屈です、と威張るほどの人物ではないから、そうでないように努めて誤魔化《ごまか》して生きているのである。

貧乏を知らない、ということは、私にとってはしかし一種の僻《ひが》みの理由であった。今の就職試験の受験生だったら、貧困を知らないことは誇るべき特徴になるのか、それともやはりお坊っちゃまの暮らししか知らないということで侮蔑《ぶべつ》を受ける理由になるのだろうか。私は幸福にせよ、不幸にせよ、知らないということは、知っているということより恥ずかしいことだと単純に考えたのである。

「ただ一人の個性を創るために」

人間はできれば体験しないで認識したい。私たちがせっせと本を読むのはそのためで、漂流しなくても漂流するというのはどういうことか、理解できるようになりたいからである。しかし、私をも含《ふく》めて多くの不器用な人間は、体験しなければわからないことが多い。求めて苦労をする、などということは、今の時代にはばからしいことかもしれないが、私の中にはほんの少しばかり、そうしなければ自分はバカになる、という警告が常に鳴り響いている。

「生活のただ中の神」

よくも悪くもない人生ではない、人生はよくも悪くもある

男でも女でも、かっとなる人はまず弱い人である。かっとなった時に人間は攻撃的になり、あたかも強者の如《ごと》く見える。しかしそれはヒステリー以外の何ものでもない。弱い人間は正視し、調べ、分析するのを恐れる。自分自身もその対象にされて分析されるのを恐れるからである。しかし本当に強ければ、怒る前にまず対象に関する冷静なデータを集め始める。その対象が好きか嫌《きら》いか、などということはずっとずっと後のことでいい。好くにも嫌うにも、認めるにも拒否する

にも、まず知ることである。

「人びとの中の私」

よくも悪くもない人生、ではない。人生はよくも悪くもある、のである。それを味わう方法が学問であり、それに至る道が教育であろう。その道を天文学や物理学でみつけた人もいるし、電気的な新しい機器の開発で探った人もいる。ひたすら家族という小さな単位の持つ要素を守りながら、途方もなく大きな人生の哲《てつ》学《がく》に通じることを知った人もいる。舞踏も音楽も絵画も人生を切り取り、夾雑《きようざつ》物《ぶつ》を取り除き、凝縮《ぎようしゆく》して見せようとする。対峙《たいじ》し、透明な眼《め》で捉《とら》えようとして格闘する対象はやはり人生なのだ。

「ただ一人の個性を創るために」

人間は本能的に粧《よそお》うものであろう。年をとるに従って、体力や気力が衰《おとろ》えたり、粧うということに対するある種の懐疑が生まれると、粧うことがバカらしくなってくる。しかし若いときには、自分をよく見せようと思う気持ちは、生理的に強い。

その中から真実を見抜かねばならないのである。

デートの約束には遅《おく》れず、服の肩《かた》にフケなど落ちていたことはない、下宿の部屋は実にきちんと整理整頓《せいりせいとん》されている、という青年は多くの場合、娘《むすめ》の母親から婿《むこ》候補として好意的な感じで見られるであろう。しかし、娘も又《また》、部屋の隅から隅までが清潔になっていなければ気がすまないというきちょうめんな性格なら、いざ知らず、このような正確な人間はえてして他人にも狭量《きょうりょう》である。結婚した暁《あかつき》には、亭主カンパクになり、お湯の温度がちょっと熱くても文句を言い、本棚の隅に埃《ほこり》が残っていたと言ってはどなりつけるような夫になる。

いわゆる不良青年がいる。みずからも女にもてるということに自信を持っており、青春時代には、結婚直前まで行った娘や、深入りした水商売の女がいる。ストリップ劇場も好きだし、他人の奥さんの御機嫌をとり結ぶこともマメである。

こういう青年の中には、全部が全部とは言わないが、大変よい夫になるのがいる。つまり女の心を知りつくしてしまったので、四十位《くらい》になってから、ついふらふらとした気分になるなどということはない。女に関しては肥え過ぎるほど眼《こ》が肥えてしまっているのだ。

こういう不良青年こそ、実は夫として最良なのだが、女出入りの激しい男が、まじめな家庭の夫に向くと思うことは実にむずかしい。

娘にしたところで同様である。質実で賢そうに見えた娘が計算高いおばさんになったり、礼儀正しく見えた娘が表向きだけちゃんとしていて心の冷たい嫁になったりする。

だらしのない頭の悪い娘が、陽気な女房になることも多く、友達をいじめてばかりいた娘が、仕事をさせると職場において、なくてはならぬ責任感のある人物になることも多い。

これらのことを、若いうちに見抜かねばならないのだ。それは決して、結婚を前提とした功利のためばかりではない。人間を見る眼《め》を深めるというのは、多分、その辺からとりかからねばならぬことなのだ。

「誰のために愛するか」

思いやりと、利己《りこ》主義は紙一重

心臓がおかしくなるのは、日本語のよくわからない文章を扱わねばならない会議に出ている時だ。私は日本人だから単語一つ一つの意味はわかっている。しかし文章としてはわからなくなるのだ。

たとえば「心豊かな人間を目指す」というような文章に出くわすと、息が苦しくなっている。トカゲのような無感動な人も確かに困るのだろうが、自分は心豊かだ、と思っている人も同じように困るのである。人のことを思いやろうとしても、とかく利己主義に陥《おちい》るのが人間というものだ。心というものの恐ろしさや複雑さを考える人は、決して「心豊か」などという表現を使えないだろう、と思う。

「社長の顔が見たい」

「私、神父さまに、この間、告解をしに行ったんです。覚えていらっしゃいますか」

「そうだったかな」

光森《みつもり》はしらばっくれた。

「私、好きな人ができて、その人とつき合ってるんです」

「道普請《ぶしん》をしていた人だったね」

「そうです」

「おかけなさい」

光森は遠慮して立っていた娘を、やっと椅子《いす》に坐《すわ》らせた。そして「僕は食べないから、お菓子をおあがり。僕はお茶だけ頂く」と言って、娘に無理やりに菓子の皿を手にとらせた。

「あれから、どうしました」

「高橋さんは、私に何とかして連絡をとろうとしているんですけど、うまくいかないんです。シスター方は、私を守るという口実で、もう決してお茶を運ばせないし、高橋さんが訪ねて来ると、私が出る前に、誰かが出て行って会わせないようにするんです。電話をかけて来ても、もう取りつぎません、とはっきり言われました」

「なるほど」

光森は想像に難《かた》くないと思った。修道院の中には、不思議な眼に見えない修道女たちの視線の網《あみ》が張られているのだ。誰かがどこかから見ている。労務者の高橋が入って来る。修道院の門から玄関までは、春はレースと見まごうばかりの爽《さわや》かな若葉、秋は山うるしの紅もまじった濃厚な紅葉《こうよう》の林だ。その間の玉砂利の道を、高橋がおどおどと入ってくる。すると、どこからかまず、修道女が現われる。満面に微笑を浮べて……優しく、「何かご用でいらっしゃいますか？」と訊問《じんもん》する。

「今、あの人はちょうど仕事中で、ちょっとお目にかかれませんのよ。夜？　夜はここの規則で外出はできないようになっております」修道女たちの物の言い方には、微塵《みじん》も、とまどいがない。何故《なぜ》なら彼女たちは自分の「善意」を信じているからだ。そのようにしてこの娘と男との逢瀬《おうせ》の邪魔をしたら《シスターたちは、焼餅《やきもち》を焼いていらっしゃる》と言われるかも知れないということを、普通の女のように気を廻《まわ》して考えたりもしないのだ。その臆面《おくめん》もない、善意の押《お》し売りこそ、まさに彼女たちの信仰を支えているものなのだ。

「傷ついた葦」

「この木、気がつかなかったけど、若木と二本なんですね」

と斎木《さいき》が言った。

「そうなの。より添ってね。若いのと年寄りと、仲のいい木よ」

伯母はそう言って顔を背《そむ》けるようにした。そして数秒後に斎木の方に顔を向けた時、微笑した伯母の顔に、涙が光っていた。

「あの森田さんのこと、クラスの人が集まると、お気の毒に、って言うのよ。あの人、息子さんがああじゃ、死ぬに死ねないでしょうね、って言うのよ。でもね、私は羨《うらや》ましい。あの人たちはいつも親子一緒で、あの息子は何もましなことはできないかもしれないけど、ああやっていつも母と息子は一緒にいて楽しそうに笑ってるでしょう」

斎木は言葉もなかった。

「私なんて、秀才《しゅうさい》の息子が二人もいて、ちゃんといい仕事についてて、羨ましいっていつも言われているけど、現実は何が羨ましいものですか」

「上の人は、まだアメリカですか？」

斎木は母から聞いた噂《うわさ》を思いだしながら言った。

「そうね。もう帰ってこない算段してるみたいね。帰ってくると、両親の面倒をみなきゃならないから、こっちにいる方が楽だ、って知人に言ってるんですって。

下の息子は、それがまた不服なの。兄貴は親を次男の自分に押《お》しつけて、勝手だ、っていうわけなんでしょうね。

私が病気だってことがわかっても、心配して、今日は熱が下がりましたか、って訊《き》くでもないの。普段だって、自分の方からは決して電話をかけてこないでしょう。

それがいつか珍しくお正月に来たと思ったら、お金が欲しくてね。家を建て換えるんで一千万貸してください、なのよ」

伯母の家も都合があって、伯父は五百万なら、という返事をした。しかしそれは、次男にとっては非常に不服なようだった。それなりで、彼は全《まった》く連絡を絶ってしまった。

「怨《うら》んではいないのよ。初めは苦しかったけれど、その境地をようやく抜けた。今はもう子供がいないと思えばいいということがわかったの。少し時間がかかったわ。でも、もう大丈夫。第一こうなったのは、私の育て損ないなのよ」

（中略）

「その梅なのね。老木と若木がよりそって……」

私は改めて写真を眺めた。

「知恵遅れの子供を持っている人には、美鈴伯母の不幸はわからないんですよ。伯母の秀才の息子には、知能が低くても、人に喜びを与えられる人がいるということを理解できないでしょうしね」

「一枚の写真」


もし彼を心から好きだったなら、こんなに度々、「待つ」という屈辱に耐《た》えられなかったろう、と私はしみじみ思い返すのであった。もし彼を愛していたなら、私は急患の子供を一人見殺しにしても、時には約束の時間に来てくれるという彼の残酷さ迄《まで》も強要したに違《ちが》いない。彼の良心的な苦しみを代償に、私への愛情を、もっともっと血みどろのものとして確かめてみたい筈《はず》だろう。けれど実際には、私は愛恋の情のないために、却《かえ》って世の中の恋人よりも彼に対して寛容であった。そして彼は、私のこの偽りの寛大さを糟糠《そうこう》の妻の慎《つつ》ましさと正しさの必要欠くべからざる要素として、物のみごとに勘ちがいしていたようにみえる。

「雪あかり〈鸚哥とクリスマス〉」

3 不完全のすすめ

人生の賛美は、不安からも不信からも生まれる

幼児性はものの考え方にも、一つの病状を示すようになる。理想と現実を混同することである。この混同は、自分がその場に現実に引き出されない限り、それが嘘《うそ》であることが証明されない、という安全保障を持っている。

一九九四年のルワンダのフツ族によるツチ族の虐殺の時、あるフツ族の老女は、自分の娘《むすめ》がツチ族の男性と結婚して産んだ孫を殺した。「お前が本当にフツ族なら、ツチ族の血の入った孫を認めるわけがない。もし殺さないなら、お前を殺す」と言われたからであった。

こうした実際にあった話を前にして、自分はこういう場合にも絶対に幼児を殺すことはしない、と自信を持てるのが幼児性である。「もし仮に自分が……であったなら」という仮定形になかなか現実の意味を持たせられないのが幼児性なのである。

結果的に幼児性は相手を軽々と裁く。これも大きな特徴の一つである。それは、人間というものはなかなか相手を知り得ない、という恐れさえ知らないからである。あるいは自分もその立場になったら何をしでかすかわからない、という不安を持つ能力に欠けるからでもあろう。

一方、幼児性は、社会と人間に対して不信を持つ勇気がない。不信という一種の不安定でおぞましい、しかし極《きわ》めて人間的な防御本能を駆使することによって、初めて私たちは一つの信頼に到達することができる。したがって信じるまでの経過には、私たちの全人的な人間解釈の機能が長期間にわたって発揮されるわけだ。

普通の場合、私たちは見知らぬ人、名前は知っていても個人的にその言動にふれたことのない人の生き方を信じる何の根拠もない。しかし幼児性は、さまざまな図式によって、人を判断し、それを信じる。その図式も時代の流れに動かされる。有名なら信じる。金持ちは悪人で、貧しい人は心がきれいだ。反権力は人間性に通じる、という具合だ。現実は、そのどれにもあてはまる人とあてはまらない人がいる、というだけのことだ。

幼児性はオール・オア・ナッシング（すべてか無か）なのである。その中間のあいまいな部分の存在の意義を認めない。あるいは、差別をする人とされる人に分ける。しかしあらゆる人が、家柄、出身、姻戚《いんせき》関係、財産、能力、学歴、その他の要素をもとに、差別をされる立場とする立場を、時間的にくり返して生きているのである。ただこの世ですべての人が、それぞれの立場で必要で大切な存在だということがわかる時だけ、人間は差別の感情などを超えるのである。

平和は善人の間には生まれない、と或《あ》るカトリックの司祭が説教の時に語った。しかし悪人の間には平和が可能だという。それは人間が自分の中に十分に悪の部分を認識した時だけ、謙虚にもなり、相手の心も読め、用心をし、簡単には怒らずとがめず、結果として辛《かろ》うじて平和が保たれる、という図式になるからだろう。つまり、そのような不純さの中で、初めて人間は幼児ではなく、真の大人になるのだが、日本はそういう教育を全《まった》く行ってこなかったのである。


「『受ける』より『与える』ほうが幸いである」

「それで結局、あなたたちは、電話の掛け方を教えてあげなかったわけ？」

「そうなんです。松田さんがそれがあの女のためだって言ったんです。なぜかって言えば、不安というものは、実に濃厚な人生の一瞬で、退屈から比べたら、ずっとずっとましなものだって言ったから」

「松田さんて人、随分《ずいぶん》日本人ばなれしてるのね」

「彼は確信持ってるみたいでした。それでさっきフランスで一番いい人より日本人の一番悪い人は悪いっていう話……」

「日本の悪人より、フランスの善人の方が悪いの」

私は訂正した。

「そうでした。それがやっと理解できました。松田さんはローマに住んでますけど、フランス人になりかかってるんです。でも松田さんていう人は、あれでやはりほんとうは親切なんでしょうね」

斎木はわかっているようだった。

「一枚の写真」

善意や偉大さも人間の要素だが、悪意と破壊的な情熱もまた人間の一部である。その明暗両面を予測し、分別し、望ましくない部分は賢く避け、しかもその要素を評価することのできる人になっていなければならない。

いつも人を見れば、悪い人ではないか、と用心してきたために、結果的に私は多くのいい人に会ったという実感を持っている。悪意のおかげで、ほとんど人生に失望しなくて済んだのだ。反対に人はすべていい人だと思っていると、騙《だま》されたり裏切られたり、ひどい時には拉致《らち》されたり殺されたりすることもあるだろう。私のように相手を信じないという機能は、皮肉にもかえって人生を賛美する結果を生んだ。人間不信もやはり教えるべきなのである。

「ただ一人の個性を創るために」

「人間嫌い」と「人間理解」の真意

人間嫌いということが、ひと頃《ころ》、何か知的な精神作用の結果のように、私にも思えた時代があった。

人間嫌いには二種類ある、ということがわかったのは、ずっと後になってからである。一つは要するに自己中心的で、他人に興味がない場合である。その場合、他人は、風景や、道具や、或《あ》る社会的システムの一部品とみなされ、自分にとって快《こころよ》いものであれば採用するが、そうでなければ、何のためらいもなく追放する、ということになる。

もう一種類の人間嫌いは、自分と相手の意志の疎通が完全に行われないことに関する不安が、その根底になっている。この種の性格の人は、誠実で厳密なのである。つまり、自分も、きちんと相手にわかってもらいたい。そして相手のことも、理解したい。しかし、それはかなりむずかしいことだということもわかっているから、他人と交渉を持つことが辛《つら》くなってきてしまうのである。

私は、昔《むかし》は、後者のタイプであった。しかし年をとるに従って、人間がいい加減になると、自分をわからせ、相手をわかるなどということは、とうていでき得ることではないから、ということが自然にのみ込《こ》めるようになってきた。

だからと言って、私は、自分の心を適当にしか言わず、相手のことも真剣に見ない、というのではない。私は、さまざまのことを適当にさぼって暮らしているが、人間理解についてだけは、たとえその機能がどんなによくなかろうと、全力をあげてしていかなければならない、とは思っているのである。


「人びとの中の私」

〝心からつきあえる〟ことの条件

三十年前から、海外のカトリック神父や修道女を助けるために私が働いている海外邦人宣教者活動援助後援会の主な援助の対象国は、アフリカに多い。すると私の知人の一人が——その人は正直で誠実で、決して私にお世辞を言ったり、お体裁のいい反応を示さないのだが——言うのである。

「あなたたちが、薬や食べ物を送って根本を解決せずに当座だけ凌《しの》ぐから、アフリカの問題は凝縮された形で現れてこないんだよ」

「そうね。そうかもしれない」

「だからあなたたちは、救うつもりでやってるだろうけど、本当は解決を妨《さまた》げてるんだ」

「そうね」

私は或る日、意を決して言った。

「私たちは今後、悪いことをしているんだと覚悟して、アフリカの援助をやることにするわ。人間時々は、いいことじゃなくて、意識して悪いことをする時があっても自然だから」

相手が私に対して非難がましいことを言った時、しかし眼《め》にも語調にも優しさがこめられていた。そして私は本当に、意識して「もしかすると悪いこと」をやることも必要だ、と感じたのである。いつも自分はいいことをしている、などと思うと、むしろ途方もなく思い上がるからであった。

「生活のただ中の神」

人とつき合うことについて、私もまた、若い時には大きな幻想を持っていた。それは、趣味から物の考え方まで、何もかも同じになれる友達というものがいる、と信じていたことである。私は今、常識的な意味では、心からつき合える人、実に気の合う友達を持っている。しかし、それは決して、相手が私と全く同じ人生観を持っている、ということでもなく、趣味が完全に一致しているということでもない。むしろ友人となり、適切な人間関係を持ち得るということは、いかに親しい友人であっても、生来、全く違う個性のもとに生まれついているということに厳しい認識を持ち、その違いを許容し得る、というところから始まるのである。

それだから、私は、今この年になると、若い世代の人びとに言うことができる。人間関係の普遍的な基本形は、ぎくしゃくしたものなのである。齟齬《そご》なのである。誤解であり、無理解なのである。

「人びとの中の私」

「人間性とは何か」

私はカトリック的な環境で育ったので、人間の性悪説を少しも拒まない。神さえも「私は善人のためではなく、罪人のためにこの世に来たのだ」と明言されている。もちろん性悪な人間も時には、輝くばかりの魂の高貴さを見せることがあるという、明確な可能性と希望を前提にしての性悪説である。

しかし戦後の日本では、日教組も、進歩的文化人も、声高らかに性善説を合唱した。さぞかし疲《つか》れて、しかも辻褄《つじつま》の合わないことが多かったろう。だから、私は実に心が自由だった。人にも少しは寛大になれた。悪にも驚《おどろ》かなかった。性悪説をとると、心が自由になる。何より気楽。これでも少し寛大になれるのだろうと思う。悪を理解することが楽になった。この辺のところプラトンを読むといい。プラトンは性悪説などという言葉を使っていないだろうが。

「私日記3　人生の雑事すべて取り揃え」

しかし人がどう生きても私は、ほんとうはどうでもいいのです。しかし私自身はいささかの狡《ずる》さ、悪、卑怯《ひきよう》、嘘《うそ》、と言ったものとごく自然に共生して行きたいのです。

或る日団地の中の道で、私は千円札を一枚拾いました。その時、私がとった行動もまことに人並でした。私はまず靴でその札を踏んづけて隠し、それから、それとなくあたりを見廻《みまわ》しました。そして誰も見ていないとわかると、おもむろに靴の紐《ひも》を結び直すようなふりをして、その札を拾ったのです。

それで私は有頂天になり、帰ってから、早速そのことを家内に話しました。もちろん些少《さしょう》の額ですが、家内もその庶民的な幸運を喜んでくれるだろう、と思ったのです。ところが家内はたかだか千円のことで顔色を変えました。誰かにもし札を拾うところを見られていて、それを警察に届けずにぽっぽしたことが知られようものなら、他の土地ならいざ知らず、もうこの正直団地にはいられなくなる、というのです。

私はばかばかしくなって、いられないなら出て行こう、とさえ思いかけました。

「一枚の写真」

数年前、私はとつぜん蕁麻疹《じんましん》が出るようになった。飛行機の上で楽しくビールを飲んだ時に出たのがきっかけだった。薬を飲んでも治らない。食べ物とも無関係。ひどい日は水を飲んだだけでも出た。痒《かゆ》さで死ぬ人はいないのだが、そのうちに、少し疲れて来た。つまりその頃が、治り頃だったということでもあったのだろう。

ちょうどその頃、夫が或る日面白い記事を読んだ、と私に言った。蕁麻疹は食べ物による病気かと思っていたが、実は心理的な病気だと書いてあった、と言うのである。

「本当に休むことのできない人がなるんだってよ」

私が最初に思ったことは、それは恥だ、ということであった。誰《だれ》でも気が小さいことなど知られたくない。今からでも遅くはない。私は休む時には、ちゃんと休んでいる、豪快な人物だと思われるようにしよう、と決心した。

ありがたいことに、我が家には遊ぶことが罪悪だというような空気は全くなかった。私は夜は早く休み、素人《しろうと》園芸の失敗を楽しみ、締切りはあまり気にしないことにし、時には駄文を書いてもいいやと自分に許可し、何となく自然に生きていくつを覚えたような気持ちになった。

すると、それと時を同じくして、蕁麻疹は治ってしまった。

子供の時はよく母に、もっと緊張していなさいと言われたものである。爪を噛《か》んだり枝毛を裂《さ》いたりしながら、何も考えていないような子供だったのだ。しかし親は、時には休むことも子供に教えた方がいい。人間すべて、両方できないと困る。

いいことしかしない人など退屈で誰も付き合ってくれない。大悪はいけないが、小さな悪もできないようでは、面白くない。

こんな簡単なことを、誰も教えてくれない世の中は、あまりいい教育環境とは言えないのだろう。

「社長の顔が見たい」

同行する三浦朱門は、長い間車椅子《くるまいす》部隊の隊長を自認していて、初めて車椅子を押《お》す若者たちに扱い方を教えるんですけど、よく嘘《うそ》つくのよ。男性の車椅子の方がいらっしゃると、「はい、これからご飯。レストランは二階です。プールがあってそこでビキニの美女が泳いでます」なんて言うから、車椅子の方も無理して立ち上がって、支えられながら必死で階段十五段くらい上がって上に行ってみると、プールはあっても空だったりしてね。キリスト教徒のくせに嘘つくんだな、って睨《にら》まれても平気なの。でも皆大人だから騙《だま》されても笑って仲良くなってくださる。聖人君子とより、少々の悪人とのほうが皆つき合いやすいみたいね。

「日本財団9年半の日々」

自分の弱点を他人に言えるか

本当の意味で強くなるにはどうしたらいいか。それは一つだけしか方法がない。それは勝ち気や、見栄《みえ》を捨てることである。すぐばれるような浅はかな皮をかぶって、トラに化《ば》けた狐《きつね》のようなふるまいをしないことである。

世間は人間の弱みや弱点など、すべて承知ずみなのだ。金のないことも、一族の中にヘンな人間がいることも、子供が大学にすべったことも、そんなこと、あちらにもこちらにもごろごろ転がっていることなのである。それなのに、自分だけは関係ないような顔をすることじたいが、もうおかしい。

勝ち気や見栄を捨てた時、人間は解放される。かつての私の首や肩《かた》のように、こちこちではなく、しなやかな感受性を持ち、自由になれる。その自由さの中で、人間は光り輝くように、その人らしく魅力的になり、かしこげになり、金はなくても精神の豊かさを感じさせるようになり、大人物に見えてくる。

自分の弱点をたんたんと他人に言えないうちは、その人は未《いま》だ熟していない人物なのである。

「人びとの中の私」

私は「今自分に与えられている弱さを誇ることにしようと思う」という意味のことを、実はパウロを引用する思いで書いたことがあった。（中略）

なぜ弱さを誇るのか。

通常私たちは弱さというものを隠しておきたくなるものである。会社の資金繰りが切迫している場合、経営者は決して経営状態が悪いとは外部に言わないものである。政治家は、病気をひた隠しにする。しかし聖パウロは弱さを誇ったのである。

それは弱い時にこそ、私たちは救いを実感し、現実に自分が強くなるのを知るからである。家庭の不幸、病気、挫折《ざせつ》。それらの願わしくないものに見舞われた時、初めて自分が成長し強くなったと感じたことのある人は、いくらでもいるであろう。

それなのに現代の日本は、そうした不幸や挫折が、すべて意味のない人間性圧迫だから、社会構造上回避されるようにすべきだというのである。もちろん病気はすべての人が避けられるようにすべきである。不幸も挫折も、誰でもできれば避けて通りたいのだ。しかし不幸と挫折が、時にはその人を創り、強め、最終的な人生の答えを堂々と出させるために用意されていた、としか考えられないこともある。

「生活のただ中の神」

人間は果たして、とりつくろうことで、そんなに他人を完全にごまかし得るのだろうか。若い時には、努力しだいでできる、と私は思っていた。しかし、今、私は別の答えをするようになった。人間は決して、そんなことではごまかせないのである。もちろん、人間のつき合いには浅い深いがある。或る日、私が起きてのモーローとした顔で、髪《かみ》もくしけずらず、半分死んだような表情で、ボロ寝巻を着て、縁側に立っている姿だけを見た人は、ああ、ずいぶんひどいものだと思うであろう。反対に、私が年に何度かのおめかしをして出かけた時に私の姿を見かけた人は、私がいつもきりきりとして身だしなみのいい女だと、錯覚するかも知れない。その両方の姿は、どちらも、本当で嘘なのである。

その結果どうなるか。私はめったに買わない客なのだけれど、いい品物があると私に見せずにはいられない、という趣味を持つ呉服屋の青年が、或る時、私に言ったことがある。

「奥《おく》さんは、いつも、同じようなスラックスにシャツを着て、活動的なかっこうをしていられますね」

これを、ホメ言葉と受けとるべきか、一種のいやみと思うべきかは自由である。私は呉服屋の敵ではあるが、気さくな人とは思われたかも知れない。いずれにせよ、真実は、いつかは洩《も》れるものなのである。


「人びとの中の私」

何もないがために「完璧」

私が砂漠で悟《さと》った（というほどのものでは本当はないのだが）ことは、砂漠と文明の基本的で現実的な違いであった。

砂漠では、私たちは日本の生活に比べると、実に単純な暮らしをしていた。電気、水道、お風呂《ふろ》、テーブル、本と本棚から、瑣末《さまつ》なものでは個人の好みでコーヒーを飲む方法までもなくなっていた。本当はコーヒーなんかなくても人間は生きていけるのだが、コーヒーほど、人の趣味的な面を見せるものはない。コーヒー茶碗の形とデザイン。それに添えるスプーンはどのような大きさのがいいか。コーヒーに合うお菓子は何がいいのか。そもそもどういうやり方でコーヒーをいれるか。砂糖とミルクまたはクリームは、入れるのか入れないのか。どんな砂糖が好ましいか。かくして、たかがコーヒーに、無限の希望条件、選択肢は増えていく。茶人が自分が主人になって開くお茶会では、使うお道具にほんの少しの違

しろかったのは、エドガー・バーマンという外科医の書いた『シュヴァイツァーとの対話』であった。（中略）

バーマンはアメリカのメリーランド州ボルティモアの外科医で、同時に「トム・ドゥーリーズ・メディコ」という、アメリカ人医師を途上国医療に短期間派遣する団体の会長であった。（中略）

シュヴァイツァー博士については、「原始林の聖者」というイメージか、それを裏切られた失望か、どちらかに分かれるようだが、このバーマンは実に温かくおもしろげに、次のように書いている。

「博士は情け深くありながら情け容赦がなく、単純でありながら複雑、頑《がん》固《こ》一徹《いってつ》でありながら妥協的、大胆でありながら細心、しみったれでありながら気前がよく、おせっかいでありながら寛大、情に厚いのに冷淡で、かんしゃくを起こすくせに平静、繊細でありながら厚顔で、そしてなにより、多くの不完全さをそなえた完全主義者だった」

私たち現代人の多くは、まさにこの反対である。「人道的なことを言いながら。人間に決められるのは晩のご飯のお菜くらいなもので、お菜だって、マーケットへ買いに行ったら、予定して行ったものがなかったということはざらなの。大きな運命にいたっては、人間は何ひとつ、自分で決めた訳ではない。私たが、二十世紀の終わりに、日本人として、それぞれの家庭に生まれ合わせたこ、どれひとつとってみても私の意志ではなかった。私たちはその運命を謙虚に受けるほかはない。

自然に流されること。それが私の美意識なのである。なぜなら、人間は死ぬ以上、流されることが自然なのだ。けちな抵抗をするより、堂々とそして黙々と周囲の人間や、時勢に流されなければならない。

同じ家庭内の仕事だけに留《とど》まっているにしても、そう思えば本当は孤独《こどく》でなどありようはないのだ。なぜならその人は、そのように生きることを神から命じられているからだ。そしてその人の行為は、誰からもホメられなくとも、それは単独に、そのことじたい、立派に完結して輝いている。自分の行為を、他の人によって評価されねば安心できない人は、そこでいつもじたばたすることになるのだ。自分が満足できることをしていたら、わかってもらえなくてもいい、と考えられないだろうか。

「誰のために愛するか」

何度も言うことだが、実は人間には全くの悪人もいなければ、完全な善人もいない。極端な悪人と善人は、共に人を困らせるが、ほどほどの人、いい加減な性格は、嘘つきでない限り、世の中でそれほどの悪をなさないような気がする。

「生活のただ中の神」

「太郎」
「何よ」
「あなた、北川大学へ入ったこと後悔《こうかい》してるの？」
「そんなことはない」
「学校が合わないと思ったら帰っておいで。一人で名古屋で暮すことが、何となく辛《つら》ければ、出なおしたらいいよ」

「別にそんなことないんだ」

「私は、固定観念が嫌《きら》いなのよ。人間は皆まちがえるからね。やってみて、まちがいだと思ったら、あっさりカブトを脱《ぬ》いで、でなおしたらいいよ。太郎は体力もあって、性格もわりと開けっぴろげで、皆と共同作業しても、何とかうまくやっていけるかと思っていたけど、そうでないなら、考えなおしたらいいよ。生きてく方法は何でもあるからね」

「別にそんなところまで、行ってるわけじゃないんだよ」

「思い上るのだけはやめなさい。一つことをやり始めたら、やり遂《と》げるのがいいっていうのも、程度問題だからね」


「太郎物語〈大学編〉」

ベストなどということはこの世にない。私たちはただベターを探し求めるので

「ただ一人の個性を創るために」

ある。

順ちゃんのやり方をデタラメとか何とか言いましたが、おみくじがそれぞれの手に渡って、お客様が一せいに私のまわりをとりかこんで訳してくれ、ということになってからは、どうやら私も同じ位めちゃくちゃになったようでした。つまり私は凶も中吉も小吉も、全部大吉並に、それも出来るだけひどく誤訳することに努力しました。

この件については、根が神様に関係のあることで私も少し気にとがめましたので、いつか順ちゃんに権現様《ごんげんさま》からおみくじのホンヤク権を買って、ホテルで英文のものを備えるように進言したことがあったのですが、優柔不断の順ちゃんは、そうね、とか、うんとか生返事をヤサシクくり返すだけで、いっかな埒《らち》をあかそうとしないのです。

例えば、第十四番図「風さわぐ秋の夕は行く舟も、いりえ静かに宿を定めて」

というおみくじがあります。そこには、

《願望、思いがけぬことにて破る恐あり、末吉》

とありますが私は、

「小さな故障があるかもしれないのですって。あなたの自動車のタイヤがパンクするとか、冷蔵庫がこわれるとか、でもそのあとに、今あなたが計画していらっしゃることがちゃんと出来ちゃうんだそうです。」

と羨《うらやま》しそうな声を出してみせます。

《待人、来りがたし、待つな》は、

「まあ、あなたの恋人はもう来ています。待つ必要はないと書いてありますわ。」

《商法《あきない》、損にもならず利なし》は、

「御商売がお上手なのですね。絶対損はなさらないと出ています。」

といった具合です。

お客様は決っておみくじの紙をホテルのラベルよろしく持って帰りたがります

が、私のインチキ訳を覚えていて、後日これがそうだなどと日本語のわかる人にみせられても気持がよくないので、帰りがけ私は境内の草や木や柵《さく》にそのおみくじを結んでおけば、願いが一そう確実にきかれるのだ、と秘密でも教えるように小声で囁《ささや》くのです。事実夏というのに白々と雪をおいたかと思われるほど、結えられる限りの場所に無数に残された古いおみくじの残骸《ざんがい》は、それを残して行った人達の様子まで見えるような気がして、一種の妖気さえただよわせていますので、それを見れば一寸惜《ちょっとお》しそうな顔をしながらも、大抵お客様達は私の言葉に忠実に従います。そして彼らは日本通《にほんつう》になった得意さを満喫し、私は無事おみくじを彼らの手から徴収したことに安心して、改めて権現様にちょっとお礼の意味を含めた会釈をして立ち去るのでした。

「遠来の客たち〈遠来の客たち〉」

私は母が、原始的な住居の中で、いかに無様《ぶざま》かということを見ているのが、たまらなく愉快《ゆかい》だった。来て二日目に、早くも母は井戸端で転んだ。つま皮のついた重い足駄《あしだ》をはいて台所をするのだが、しゃがんで野菜を切ろうとした拍子に滑ったのである。

私はそれまでに、この不便なうちでも暮すこつを覚えこんでいた。それは何でもいい加減にやっておくことだった。野菜も土がついていなければそれでいいし、お茶碗洗いも、ごくざっとでやめておく。洗濯も皆がやるように裏の川ですれば実に簡単だった。その代り、ゆすぎ上がりに藁《わら》くずや、ごみがついて来ても仕方がない。指でつまんで捨てておく。私はお便所のあとの手洗いも、あの「指をちょっと濡《ぬ》らすだけ」という日本人のものぐさな習慣に合わせることにした。そうでなければ、一々《いちいち》井戸のポンプを押すのはひどく体力のいる仕事で、私の心臓はそのたびに大混乱をおこすのである。

それやこれや考え合わせて、いい加減にやっておく方がいいというのに、それでもなお意地を張って、完全に合理的にやろうとしている母を、私は気の毒に思った。

「遠来の客たち〈火と夕陽〉」

鈍感《どんかん》さがとり去ってくれるものとは

私は同じ塀《へい》の中に住んでいる美しいおばあちゃんである姑《しゅうとめ》と、確かにすさまじいケンカをしたこともあるのだが、今どうしてもその理由をよく思い出せない。思い出せないから、平気で何でもない顔を押し通してしまった。向うさまにしてみれば、あの時、よくあんなことを言っておいて、今さら平気で、と思っているのかも知れないが、私がけろりとしているものだから、仕方なくつられてにこにこしている。

きちんと筋道をたてる人は相手にも同じように要求するのではないだろうか。自分が相手にかけた想《おも》いと同量同質のものをかけ返してもらわなければ、信義も正義もなり立たないからだ。

しかし世の中は決してそのような律義なものではなく、むしろその場限りの忘《ぼう》恩的《おんてき》なものが多いから、その人は恐らくその矛盾《むじゅん》に苦しんで気狂いになりそうな思いにとらわれるだろう。

私はインドへ行った時、ライ病人の日常使っている食器から物を食べることも平気だった。そのような荒《あら》っぽい、鈍感《どんかん》な部分がある。

そして私の場合、そのような鈍感さは、鋭敏さよりも、はるかに私を穏《おだ》やかにし、行動を自由にし、恐怖やうらみをとり去ってくれているか、はかり知れないくらいなのである。


「続　誰のために愛するか」


今まで、貞春は鈍感な人間というものが嫌いであった。他人が忙しかったり、急いでいたりするのに気づかなかったり、自分が嫌がられているのも知らずに、平気で馴々《なれなれ》しく近づいて来たりする人に微《かす》かな侮蔑《ぶべつ》を感じていた。

しかし、先刻から貞春は少し変わりかけていた。菊子が一度も、自分の体に引け目も感じていなければ、病状に絶望的になってもいないことが——その鈍感さが——貞春の心を動かしていた。

「神の汚れた手（上）」

あらゆることに図太くあることが、太郎の理想なのだが、大ていの場合うまくいかない。図太くあるということは、しかもどういうことなのだろう。生れつき図太いという人間がもしいるとしたら、それは、鈍感ということなのだと想う。本当は感じているのだが、いろいろ考えてジタバタしてみても仕方がないので、じっと軽挙妄動《けいきょもうどう》せず、かつ、或《あ》る程度、あきらめてしまうことが、図太くなる道だ、というふうに、目下のところ、太郎は考えている。

「太郎物語〈大学編〉」

つい悪口を言う理由

私は昔流《むかし》に、人生は耐《た》えるべきものだ、などと言われると、少々反撥《はんぱつ》を覚えるのだが、いやでも応でも、ガマンしなければ生きていけないことだけは本当である。

しかもなお、理由が哀《かな》しい。

私たちは、他人を嫌ったり憎《にく》んだりする時、少なくともそこに、多少の、道徳的な、或《あ》いは、誰が聞いても納得のいくような常識的な理由がある、と信じている。あいつは酒乱だからいやだ。サギ的な言辞《げんじ》を弄《ろう》する人間とはとてもつき合っていけない、というような言い方である。

しかも、これらは殆《ほとん》どの場合、摩擦の根拠になっていない。「調子のいいことばかり言う男」も悪口を言われるが、「お愛想の一つも言えないボクネンジン」も非難の対象にならないではない。「金もうけばかり考えてる奴」と「経済的無能力者」。「出世欲の権化《ごんげ》」と「世をすねた男」。どっちに転んでもいけないのである。要はただ、悪口を言う人と言われる人の姿勢が違う、というだけのことなのである。

しかし人間は、つきたての餅《もち》のようなものである。すぐ、なだれて、くっつきたがる。違いを違いのまま確認するということが、実は恐ろしくてたまらない。できたら、人と何とかして違わないのだ、と思いたい。しかし、実際はれっきとして違っているので、つい悪口を言いたくなるのである。

「人びとの中の私」

カトリックの人は悪口など決して言わないという世間の思い込《こ》みに対して、私はむしろ抵抗を感じる時がある。もちろん私だって、人を悪く言うような下品な人間になりたくはない。

しかし私は人間というものは、誰も彼もが（もちろん自分も）同じ程度に愚《おろ》かしい要素を持っているという前提のもとに、相手をばかだと罵《ののし》って生きる瞬間もあるのだな、と思うのである。それは相手のばかさ加減をあげつらうためではなく、むしろ自分の愚かさを再認識することも含まれているように思う。私たちが他人をばかと言う時、必ずばかと呼ばれた人と似たりよったりなのだ。

日本語にはそういう意味でいい表現がたくさんある。「自分を棚に上げて」というのもその一つだろう。他人の悪口などというものは、自分の弱点を一時棚上げにしなければ言えるものではない。そのような愚かしさは歴然としているにもかかわらず、人間は時たまちょっと人の悪口を言いたい。そういう人間の普遍的な愚かしさを、私は時々いとおしく思うのである。

「生活のただ中の神」

医者を呼ぶ二、三日前、私は祖母の足をもんでいた。どこでもいい、さわっていてくれさえすれば楽だという祖母の、すっかりしなびて柔らかく骨ばかりごつごつと手にふれる足をもみながら、私は東京の母の悪口を言った。

「おばあちゃん、おばあちゃん、あんなに何でも出来る人にろくな人ないわねえ。そつがなくて偉くて。だけど私はあんな女史大嫌いだ。私はもっとまぬけた女が好きなんだ。あんな女見ると、何だかひっかきむしってやりたいような気がするわよ」

祖母はこういう私のはしたない調子にいつまでも馴《な》れずに、必ずたしなめるかいやな顔をするのであった。私がこういう憎まれ口を叩《たた》くのは必ず母の留守《るす》に限られていた。母の眼の前では、私は犬のように忠実で従順だった。万が一、ひょっとしていないと思っていた母に立ち聞きでもされたら、私は死にたいほど恥ずかしい思いをすることはわかりきっている癖に、それでもなお私は悪口を、それもできるだけひどい悪口を言うスリルを楽しんだ。そして祖母が、

「またそんなことといって。ききづらいから、およし」

と怒るのも面白かった。

私は祖母が母を好きなはずはないと思っていたから、私が悪口を言うことで、

祖母と私自身と二人分の気が晴れて、はなはだ経済だとさえ考えていたのだ。

「遠来の客たち〈火と夕陽〉」

「停電なんかなくても、もともと電気的な検査機械はほとんど壊《こわ》れてた国ですからね。この国の連中は電気なんか日本人ほど必要としないんですよ。僕はよく言ってるんだけど、アフリカの夜空はいつも星明かりで明るいし、おまけにここの連中の視力はすばらしいから、暗い所でも充分よく見えるんだって、ね」

しかしほどなく電気はついた。すると一誠は、

「悪口を言うと、えてして反対になるもんですね。そのためにも悪口は言った方がいいのかな」

と笑った。

「哀歌（下）」

「諦《あきら》め」が「慎《つつし》み」に変わるとき

本当は、人間同士には他人のことなど全くわからないものなのである。親のことも子供のことも、夫のことも妻のことも、知らない部分がたくさんある。ましてや一つ屋根の下にもいない他人のことなど、どうしてわかるのだろう。

「生活のただ中の神」

鶴羽さんは癌《がん》を宣告されてからこれで一年五カ月になる。もう最近は経口的《けいこうてき》にはわずかなスープとかアイスクリームくらいしか食べていない。

二十年前、突然私は鶴羽さんからもうつき合わない、と言われた。私には全く理由を言わなかった。その頃から、私は自分が捨てるのではなく、捨てられるのは気楽だ、と感じるようになっていた。他の多くの友達が性格の悪い私を見捨てないでくれたのは、何と寛大なのか。

長い年月の果てに去年、私は突然再び鶴羽さんから電話をもらい、自分の再発した癌はもう不治だという宣告を受けたので、東京近郊でホスピスに入りに来たのだ、と告げられた。穏やかな口調だった。

絶交の時も今度も、鶴羽さんの方から通告されたのだ。私はまたそれをそのまま受け入れることにした。二十年前、何を怒られたのかわからずじまいだが、私はそれでかまわなかった。人生で、何かを知り尽くすことなどできるわけがない。坂谷神父の「(人間に) 誤解されるのはどうでもいい」という明快な言葉が、改めて輝くように私の心のなかで響いた。私にも神がいてよかった、と思った。

(中略) 今日鶴羽さんは元気だったし、昔と同じ口調で私と冗談も言った。私はこの病院に通うのにも馴れ、病室の窓からの眺めも共に楽しむようになっていた。もう人生もここまでくれば、先に死ぬのも後になるのも、数年かせいぜいで十数年の差なのだ。


「私日記3　人生の雑事すべて取り揃え」

人間を生かしも殺しもしない程《ほど》の淋《さび》しさというものがあり、生かしも殺しもしない程の貧しさがある。その中で生きるには慎《つつ》しみが第一という事になるのかも知れぬ。諦《あきら》めとは言わず慎しみと言っておきたい。二人の出発点はそこにあった。

「雪あかり〈雪あかり〉」

「最後の晩餐《ばんさん》の後だ。イエスは忠誠を誓ったペテロにおっしゃった。『今夜鶏《にわとり》が二度鳴く前に、お前は三度私を知らないと言うだろう』とね」

「有名な個所です、司教さま」

春菜は言いながら、ほんとうは周囲の眼ならぬ耳を気にしていた。春菜の部屋の並びは、皆仲間の修道女たちの部屋だし、階下の調理場では、外の洗い場でしっかりした腰を見せて野菜を洗っているスール・アナタリーの姿も見えていたからである。

「皆、鶏は明け方に鳴くものだと思っている。だからペテロも、少なくとも明け方まではイエスに忠実でいたと思っている。しかしどうだね、スール・マリー。鶏は午前二時にはもう鳴いている。最後の晩餐は、九時か十時に始まっただろう。終わったのが十一時として、ペテロが主を裏切らなかったのは、たったの三時間ということだ」

「哀歌（上）」

「偽」を自覚するということ

私は嘘をつくのも、どちらかと言うと平気な方だった。何しろ小説家である。それに幼い時から夫婦仲の悪い両親の間で育った。母の帰宅時間が少しでも遅《おく》れるようなものならきびしく叱《しか》る父に対して、母はよく他愛のない嘘をついていた。電車やバスが故障で来なかった、とか、買い物を忘れて取りに帰った、とかそんなことである。小さな嘘で、ちょっとした責め苦を避けられる。すばらしいことだなぁ、と私は子供心にも感じた。

ただし、というか、だからというか、将来は嘘をつかなくて済む素朴《そぼく》な生活をしたい、と思った。母が意識して言ったのかどうかわからないが、ある時私に、「嘘はつかない方がいいわよ。嘘をつくと、後が大変だから」と言った言葉が、今でも耳について離れない。そして家の中で嘘をついて暮らさねばならない生活だけはしたくない、という私の希望は叶えられたのだから、それだけでも私は感謝でいっぱいなのである。

「生活のただ中の神」

人間がいかに不純であるかは、紀元前五世紀の中頃に確実に生きていたヘロドトスが、その著作『歴史』の中で書いているのである。

「われわれは嘘をつくときも、真実をいうときもひっきょう目指すところは一つなので、嘘で相手を納得させて得をする見込みのあるときには嘘をいい、また真実をいうのは、むしろ真実によって利得をあげ、相手にもいっそう自分を信用させようという目的からくる。このようにわれらは、することはおなじでなくとも、目指す目的は同じことなのだ。何も得がないとなれば、ふだんは正直な者も嘘をつくであろうし、嘘つきも正直ものになるであろう。」

紀元前五世紀に既《すで》にこれだけの心理は看破されている。だからすべての人間は、得をするように振る舞うだけだ、とするのが正しいのであろう。そしてこのような人間の共通性を看破するためには、また、恐ろしく複雑で冷静な眼が必要だという当然のことが、最近の教育にも、社会の風潮にも欠けているのである。

「沈船検死」

教会の建物の中で講演をすると、ますますイエス時代に横行していたという「偽教師」になったような気がする。しかし「偽教師」も「偽」という形でとにかく教会に繋《つな》がっていたのだ。

考えてみると、私は偽を自覚することがまんざら嫌いではない。むしろ学問にせよ、研究にせよ、これで完成した、ということは一つもないだろう。只今《ただ》のところ「私は偽です」と言えば「私は嘘つきです」というのと同じ安心がある。これからの人生はこれで行こう。

「私日記3　人生の雑事すべて取り揃え」

「人間というものは弱い者ですから、いくら心で愛そうと努《つと》めてみても、感情の方はそれを許さずにむしろ憎んでいることもございますでしょう。その憎しみを押えて行動や表情だけでも柔和《にゅうわ》に愛情の表現ができれば、それはやはり天主様の御心《みこころ》にかなうことなのでございます」

ある一人のマザーの話によれば、こういう愛の形もあるらしく、私は安心した。私が聖女になろうとすれば、こういういくらか偽物みたいな方法でもいいらしいからだ。しかしこの手を使ってどんなに私が忍耐強い柔和な女になったとしても、心の中に吹き荒れる、憎み、怨《うら》み、あだがえしの念（カトリック祈禱《きとう》書、糾明《きゅうめい》の個条第五戒の部）などに責めさいなまれているとしたら、やはり無駄なのではないか。世の中の現象としたら、皆が皆ヒステリーになるよりは、皆が皆心にもない笑顔をつくっている方がいいかもしれないが、そうなればなったで、もっと薄気味悪く、我々はもっと人間を信頼しなくなってしまうだろう。

心はともかく表向きはにこやかにしろ、というのはこの特殊な社会に住んでいる修道女だけの美徳である。大体昔から日本女性は叱《しか》られても侮辱されても、へらへら笑う癖がありすぎた。

そう思ってみると、マザー・サザランドの表情は、私に一番自然に思えて来るのだった。

慈愛溢《あふ》れるように、いつもにこやかな笑顔を忘れたことのない他の修道女とはおよそ違って、本当におかしいことがない限りあまり笑ったところなど人に見せたことはない。腕っぷしが強そうでもなければ、あけすけでもないし、マザーが走っているところも私達は見た事がなかった。彫刻のように静かで、憂鬱《ゆううつ》なところもあり、ことにマザー・サザランドの後姿《うしろすがた》は、華奢《きゃしゃ》で、夕陽《ゆうひ》にうつる長い影をそのまま人間にしたような感じだった。

「遠来の客たち〈牛骨〉」

そこには放し飼いにされた鶏が数羽遊んでいた。ここの人たちは鶏の餌《えさ》などほとんど買わない。放し飼いにして、自分の餌は自分で工面《くめん》させている。ことに司教館のように、庭の周囲に低い煉瓦塀《れんがべい》にせよある所では、鶏舎さえ作らなくて済むのである。鶏は夜になると木の上で眠る。卵は好きなところに産み散らす。卵集めは普通の家庭では子供の仕事である。親たちの中には子供たちに、卵は毒だから食べると死ぬよと教える人もいる。そうでないと貧しい家庭の子供たちは、集めた卵を蛇《へび》のようにちゅうちゅう吸ってしまう。親たちは子供たちが卵を食べれば栄養になっていい、とは考えずに、金になるものを食べられてはたまらないと考えるから、そうやって脅して牽制《けんせい》するのである。

「哀歌（上）」

4

矛盾を抱えてこそ人生

たくさんの矛盾を冷静に承認する生き方

私は最初からなにも失うものを持っていない一作家です。ですから、何か言う時に気楽ということはあります。もともと作家というものは無頼《ぶらい》な人間の仕事であると承認されていたものなのですが、今の作家たちの中には、自分たちがいかにヒューマニストであるかを表そうとすることに熱心な人が多くなりました。全《まった》くつまらないことです。別に悪ぶる気もありません。私はそれほどの人間ではありませんから。ただ人間の心には、たくさんの矛盾があるということを冷静に承認するのがもの書きの姿勢だと私は思っているだけです。

私は時々老子を読むと大変生き生きした気分になるのですが、それは老子には絶対の思想がないからでしょう。

「明道は亜《くら》きが如《ごと》く、

進道は退くが如く、

夷道《いどう》は類《らい》の如く、
上徳は谷の如く、
太白は辱の如く、
広徳は足らざるが如く、
健徳は偸《うす》きが如く、
質真は渝《かわ》るが如く、」

というのだそうです。これをみごとに素人《しろうと》にも分かり易《やす》く翻訳してくださった月洞《つきほら》譲先生の日本語訳をご紹介すると次のようになります。

「明るい道は暗いよう、
進む道は退くよう、
平らな道はでこぼこで、
最上の道は谷のよう、
純白はよごれたよう、
広い徳は不足のよう、

健全な徳は薄っぺら、
真実は変わりやすい」

「旅立ちの朝に」

人間の持ち味に輝きを見出すとき

私たちはもう宗教、人種差別、部族対立の抗争の図式にうんざりして来たのだ。彼らの誰《だれ》もが、領土を持っているから、争いは流血を見るか、決して解決しないかどちらかなのである。クリントン大統領も、任期の終わりまでに何とかイスラエルとパレスチナの和平を締結させようとしたが、どうしてもうまく行かなかった。もっともこういうことを期限つきで「できるかもしれない」と考えるところが、アメリカ人のおめでたい性格で、この二つの「民」はお互いに戦うことを生き甲斐《がい》にして長い年月を生きて来たのである。それを観念や理屈で片づくと思うことはつまり人間の複雑な心理をわかっていないことになる。

「沈船検死」

そもそも人間の美点は決して単一ではないのである。学校などでは、きちょうめんで、落し物もせず、宿題も忘れない子供が高く評価される。それに比べて、私の結婚した相手はどうだろう。講演会、原稿の締切り、出版記念会、他人との約束、すべて忘れる。忘れて少しもそれを悪いと思わないらしい。

「僕《ぼく》は二か月経《た》ったら、意味のなくなるようなことは、覚えないようにしているんです」

と平気である。そのかわり読んだ本の必要なことは、決して忘れない。いざというときには、頭の中にしまってあるどの引出しでもさっと開いて、必要なデータをたちどころに集めることができる、と私は評価したのである。

しかし、彼がもし官吏《かんり》であったら……私は寒気がする。日本の国はもう終わりだ。すべては期日にまに合わない。予算の数字はゼロがひとつ多かったり少なかったり、めちゃくちゃになる。

きちょうめんな人は、それにむいた組織の中では、立派な能力を示し、多くの人間を統率し動かすことができる。その反面、多くの場合、きちょうめんな人は創造的ではあり得ない。そのどちらが上だとか下だとか、ということではないが、人間を見るときに、必ずしもきちょうめんなのがよくて、だらしのないのが悪い、という訳でもないということなのである。むきによって、人間の持ち味はどのような効力も発揮する。

「誰のために愛するか」

「あの湖はほんとうに青緑色をしてるの？」

スール・ルイーズは尋《たず》ねた。するとヴェスティンの顔に子供のような笑いが浮かんだ。

「いいえ、全く。水は乾期には半分になるし、いつも泥色をしてるわ」

「それで美しいんですか？」

春菜は理解できずに尋ねた。

「そう、泥色でこそ、日の出と夕映えの時には、ほんとうにきれいな色になるのよ。透明な水だったら、あんなに濃厚な光を保てないんじゃないかと思うけど」

「でも青緑でもないのに、どうして碧湖なんて名前がついたのかしら」

スール・ルイーズはやはり不思議に思ったらしかった。

「憧《あこが》れでしょう？　私たち憧れで子供たちに名前をつけるじゃありませんか。湖に名前をつける時だって同じだと思うわ」


「哀歌（上）」

すべての人は、あらゆる人から恩恵を受ける

すべての人はあらゆる人から恩恵を受ける。善からも悪からも贈り物をもらう。そのからくりを考えると、誰もが本来なら謙虚にならざるをえないのである。

「社長の顔が見たい」

本多勝一《ほんだかついち》氏のカナダ・エスキモーのレポートを読んだのは、もう数年前で、今では、その本さえ、手許《てもと》にないのだが、いまだに忘れられない話がある。

それは犬橇《いぬぞり》の事で、エスキモーたちは橇の前面に犬を扇形に立ててひかせるのである。もっとも長い綱をもらい、先頭に立つのは、頭のいい優等生の犬で、これが群をひきずって行く。ところが、群の中には、いつも、綱がたるんでしまっ

ているのが一匹いるというのだ。綱がたるんでいるということは、橇を引くのにまったく役立っていないということだから、こんな犬は、連れて歩かなければいいのに、と本多氏も思うのだが、それがおもしろい。

この犬は、橇上の人間が、たえず振り下ろすムチの目標として存在価値があるのである。犬たちは、一種のパニック（恐慌）に陥《おちい》りながら走るのだけれど、この能なし犬は、いつもムチを受けて哀《あわ》れにもきゃんきゃん啼《な》き喚《わめ》き、その啼き声が他の犬をふるい立たせる。

この犬のお尻《しり》のところは、あまりに数多くのムチを受けるので、毛が抜けて禿《はげ》になっているし、彼は走りながら、啼きながら、いつ次のムチが自分の上に落ちて来るだろう、とたえずふり返って人間の方を見ている、というのを読んだ時、私は思わず笑ってしまった。

この犬の生き方に美を見出すには、信仰を持つ外《ほか》はないであろう。エスキモーの犬は、いつも餌《えさ》を十分に与えられず、飢えぎみだというから、この犬がこの世に生まれてよかった、というようなことは、何一つないように見える。しかしそれでもなお、少なくとも、この犬は群にとって絶対に必要なのだしその姿は、私を笑わせてくれ、涙ぐませてくれる。この犬のような存在になって生きることも意味があるのだな、と思わせてくれる。

「続 誰のために愛するか」

言葉と人を分ける考え方

昔、田中角栄《たなかかくえい》が「十の反省」とかなんとかと教訓的なことを言った。そのとき「自分はどうなんだ!」ってみんな言ったんですよ。でも、私はちっともそう思わない。

たとえば、泥棒が「泥棒をしちゃいかんよ」って言うと迫力がある。別に迫力なくてもいいのだけれど、泥棒をしちゃいかん、という言葉とその人物とをごちゃまぜにするべきじゃありませんよね。そういうところは冷静に、人間がいかに分裂していて、自分にないものを人に説教したりするかっていうことにも楽しみを感じたらいい。

「人はみな「愛」を語る」


美紗子は恐ろしく自然である。公文は惹《ひ》かれているのを感じた。あらゆる意味で、理性的にも、衝動的にも、公文は惹かれていた。


家へ帰ると、母はまだ起きていた。

「どうでした？　ずいぶん、ごゆっくりだったのね」

「ええ、向うまで送って行ったら、あの老夫人の方に引きとめられたから」

「心ない方ね。私が一人でいることはお考えにならなかったのかしら」

公文は黙っていたかった。しかし、何かしら恐怖に駆られて彼は答えた。

「お愛想でしょう。初めて行ったんだから、玄関先で帰しちゃ悪いと思ったんでしょう」

「そういう所のコントロールの悪いうちはお断りよ。めいめい生活があるんですからね。娘の縁談だと思って有頂天になるのは、身勝手すぎますよ」

「――――」

「第一、もらってほしくて言って来たのは、向うの方なのよ」

「じゃ、断わりましょうか、深入りしない方が僕も助かるから」

「いいえ、そんな必要はないのよ。あなたが結婚するんだから。只《ただ》、私にあんまり影響を及ぼさないでくれればいいのよ」

公文は喉《のど》まで出かかった言葉をおし殺した。それから只一言、

「考えてみましょう」

と言い、

「お休みなさい」

とつけ加えた。

「ああ、よかったわ。これで、安心して眠れるわ。あなたの帰りが遅いと、私どうしても寝不足するのよ」

「木枯しの庭」

公文は微笑し、母の部屋を出た。

人は侮蔑《ぶべつ》の故《ゆえ》に寛大にもなれる

春乃は、いつも常子にも貞春にも、上がって行ってくれ、とは言わない。貞春にとってみれば、これはめっけもので、玄関先で用事が済むからこそ、寄って行ってもいいという気になるのだが、考えてみれば、どんなに汚い家であろうと、上がって行ってくれ、と言わない春乃という人物も、変わった女である。もっとはっきり言えば、他人が届けに来てくれた土産《みやげ》だけは決して辞退せずにさっさと貰《もら》って、できるだけ早くお帰りなさい、と言わんばかりの素振《そぶ》りなのだ。

貞春は、このような現実を、比較的冷静に分析していた。今かりに春乃に、生みの母親面をされたら、かなわないと思うのである。しかし今のままなら、どんなに、この女が自分の母だと言われても、一向にその実感が湧《わ》かない、という形で、感情の安定を保っていられる。母の常子にしたところで、この武士の妻の如き、端然とした礼儀正しい態度をくずさないでいられるのは、一つには彼女のしつけと育ちのよさにもあるけれど、もう一つの原因は、春乃のこの粗暴《そぼう》な生き方にあるのかも知れない。つまり、人間というものは、尊敬の故にも相手に盲目的になれるが、相手に対する侮蔑の故にも相手に寛大になれるということである。その意味で、二人の女は、相性がいい、と言うべきなのかも知れない。

「神の汚れた手（上）」

彼の今までの経験から言うと、別れ際《ぎわ》に女がふり向かない時には重大な意味を持つ時が多い。ふり向く女は、好意を持っている場合でも、持っていない場合でもふり返るのである。しかしふり向かない女は、男を全く眼中にもおいていないか、心にはっきりと意識しているかのどちらかの極端になる。嫌われるにしても好意を持たれるにしても、ふり向かない女の肩《かた》ほど、石橋にとって忘れ難《がた》いものはなかった。「わが恋の墓標〈わが恋の墓標〉」

日本人は実に用心深く、思い切ったことをしない。私は時々、日本の女性たちが、男女同権にならないのは当然だと思うことがある。多くの女性が、私が少し辺鄙《へんぴ》な土地へ行く旅に誘うとすぐ、「そんなとこ、怖いわ」と言うのである。もっとも男にもほとんど勇気のない人はざらにいて、暑いから（寒いから）、汚いから、病気が蔓延《まんえん》しているから、政治情勢が危ないから、遠いから、酒が飲めないから、食べ物が口に合わないから、医療設備が悪いから、などあらゆる理由で、安全な日本にだけいたがる人が多い。

私の実感によると、人生の面白さは、そのために払った犠牲や危険と、かなり正確に比例している。冒険しないで面白い人生はない、と言ってもいい。「社長の顔が見たい」

『マ・スール、食べ物だけは誰にもやらないでください。やれば彼らは私たちを殺して奪いに来ます。あの人たちを人殺しにしたくなかったら、食べ物を子供にやらないことです』

「哀歌（下）」

「私、初め、父や母が、おばさまのことで、言い争ったり何かしてるのを聞いて、いやな方だと思ってました。でも、今日、初めてお会いしてみて、素直で正直な方だと思いました」

「素直と正直は、昔からいいこととなってたんですけどね。それは、いざという時には嘘をつける能力も自制心もあった上でのことでね。自分もなくて素直だなどというのは、いわゆる愚民ですよ。おとなしく見えるけど、この世で最も危険な分子だ。もっとも、それでもなお、生きて行く権利はありますよ。僕はそれを理性で、家内の上に認めてやろうとしているだけです。しかし、あの女《ひと》は僕ではないのでね。あの女のやることの結果を、僕がすべて尻拭《しりぬぐ》いして歩くわけには行かないんですよ」

「先生は、お優しいんですね」

千砂は考えた末に言った。

「そんなことはないですよ。もしそうなら、お宅へちゃんと身柄を引き取りに行きますよ」

「いいえ、お優しいから、却《かえ》って、人をだめにするんです」

「冷酷だと優しくなれるんです。それと相手を侮蔑してる場合も優しくなれる。怒るのは誠実のあらわれでしてね。僕はもうそういう誠実はとっくの昔に失っちゃったんですよ」

「神の汚れた手（下）」

限りなく善と悪との中間に位置する人生

私たちは偶然、日本を祖国として生を受け、その伝統を血流の中に受け、それぞれの家族に育《はぐく》まれ、異なった才能を受けて生きてきた。その歴史を持たない個人はなく、その個性を有しない人もいない。それはまさに二つとない人生であり、存在である。教育はその貴重な固有の生を育て、花を咲かせる以外、最も見事な収穫を得る方法はない。

実に私たちは、現実のただ中に常に生きているのである。そこには限りなく善と悪との中間に位置する人生が展開するだけである。故にこの瞬間に、悪の姿が見えても、私たちは絶望する必要もなく、次の瞬間に善の輝きが見えても安心することはできない。その葛藤《かっとう》の狭間《はざま》に、私たちは育ち生きるのである。

「受ける」より「与える」ほうが幸いである」

素朴すぎる話だが、私はいつも日本の自殺者の多くに、原初的な不幸が欠けているような気がしていた。つまり原初的な不幸がないから、生きる気力もないのだし、原初的不幸がこの世に存在することを知らないか意識しないから、不幸な他人と比べて自分は幸福だ、文句は言えない、と思えないのである。

当人に不幸がないなどとんでもない、当人は不幸に耐《た》えられなくて死んだのだ、と死んだ本人も周囲も言うだろうし、それもまた主観的には真実であろう。それを承知で、私は別の見方をしたいのだ。例えば同時多発テロ以後アメリカの執拗《しつよう》な攻撃を受けたアフガニスタンの荒野の洞窟《どうくつ》に潜んでいたアルカイダやタリバンたちで、自殺した人はほとんどいなかっただろうと思う。自殺テロを認めている人たちが自殺はしないのである。

それは自分がアメリカのあの科学的な、絶対優位の攻撃の中では、生き延びることが大きな目標になっているからである。人間は死に極《きわ》めて近く直面している時には、ほとんど自殺を考えなくなるものである。つまり戦場で、いつ何時、自分に現実の死が訪れるかもしれない、というような場所で、人はほとんど自殺をしないのである。

「沈船検死」

「旦那さんとケンカしたの？」

男は少しなれなれしい調子できいた。郷子は笑って首をふった。

「じゃ泣くことなんかないじゃないか」

「ケンカできないから辛いということもあるでしょう？」

「ケンカできない？　どうしてだろ。そんな聖人みたいな人なのかな？」

「聖人だといけない？」

「だめよ、僕みたいに悪い奴じゃなきゃ。いいところが多くて悪いところがぽっちりだと悪いところが目立つんだな。だけど、僕みたいに悪いとこばかりで、いいところがほんの少しあると、案外、いいとこをかってもらえるのよ」

「婚約式〈星形〉」

5 どうすれば自分を失わないでいられるか

人間しか持ち得ない情緒とは

私たちの一生は、ひとと共に始まる。子のない人間はいくらでもいるが、親のない人間はいない。狼《おおかみ》少年のような特殊な例は別として、人間とふれ合わずに大きくなる人間はいない。私たちは、無限に、人間によって救われ、人間によって育てられ、人間を傷つけて生きている。

私たちが苦しむのは、何の理由だろう。もしも、私が、生まれた時以来、ずっと森の中で一人で生きてきたのなら、私は恐らく、裏切りや、憎《にく》しみという言葉を知らずに済んだであろう。その代わり、愛や、慕わしさ、という表現も知らなかったろう。飢え、寒さ、疲労、眠さ、恐怖など、動物と同じ程度の感情は分け持てても、人間しか持ち得ない情緒とは、無縁で暮らさねばならなかったと思う。

「人びとの中の私」

「狂気というものは、感染するものだ。病気と同じか、それよりもっと激しくね。誰《だれ》もが抵抗力なく、簡単に罹《かか》ってしまう。マラリアも怖いけれど、そんなものの比じゃない。そのこと自体は、私たちには止めようがないものかもしれない。病気より怖いものがあることを、私たちはほとんど自覚しないんだ。しかしその中でも、人間を失わないでいられる少数の人は必ずいるはずだ。免疫力の極《きわ》めて強い人がいるようにね」

「どうしたら人間を失わないでいられますか？」

春菜は思わず尋《たず》ねた。

「神に依《よ》り頼むことと、勇気を持つことだ」

「哀歌（上）」

人は皆、同じ苦しみを背負っている

自分を生かして自分を評価するものは本当は自分しかないのである。どんな仲のいい夫婦でも、いずれは一方が先に死ぬ。

「あなたに先に死なれたらいやだから、私はどうしても先に死ぬのよ」

と私も夫に言う。

「でも、そうなると、あなたも後に残ってかわいそうね」

それから私は又《また》、気をきかさねばと思いながら言い足す。

「でも、私が先に死んだら、又、あなたも再婚できるし、その方が親切というものね」

夫はにやにやしている。世界中が原爆で死に絶えても、本さえあれば淋《さび》しくない、と彼は言ったことがある。私はどうして、そんなに強い気持ちになれるのかわからない。

恐らく孤独も又、迎えうたねばならぬものなのだろう。孤独は決してひとによって、本質的には慰められるものではない。友人や家庭は確かに心をかなり賑《にぎ》やかにはしてくれる。しかし本当の孤独というものは、友にも親にも配偶者にも救ってもらえないものだということを発見したときである。それだけに絶望も又大きい。しかし、人間は天地開闢《かいびやく》以来、誰もが同じ孤独を悩んできたのだ。同じ運命を自分だけ受けずにすますということはできない。

孤独ばかりでない。あらゆる人々がさまざまな悩みに悩んできた。雄弁家として知られるデモストネスは吃《ども》りであり、ダーウィンは病弱で、スウィフトは自分の才能が人々にわからぬという点で、フロイドは広場恐怖症に、チャーチルとトルストイは不器量コンプレックスに苦しんできた。それなのに自分だけは、と思う方がおかしい。いわば人生は苦しみを触角として人々とつながっているとさえ言えるのである。

「誰のために愛するか」

心を受け止めてくれる一番楽な相手は友人である。昔からの私の生活の歴史を知っているし、私の性癖もよく心得ている。心の癒《いや》しには、友達に手を貸してもらうのが最上の方法なのだ。それなのに、「私には友達がいません」と言う人がよくいる。何のために学校に行ったのかと思う。貧しくて学校にも行けなかったブラジル人は、ただ隣の席に座った人でも友達にしてしまう。

行きずりの人に身の上話をしてトラウマを解消することを、軽率だという人もいるだろうけれど、私はやはり一種のすこやかさと強さとして、その人の才能の一つに数えたい、と思うのである。

「社長の顔が見たい」

自分、そして他の人を理解できるか

人間関係は、理解よりも、むしろ誤解の上に安定する。私は今まで、或《あ》る人について、何もよく知らない他人が《あの方は、ひどい人だそうですね》と言っているのによく出あうことがある。安定する感情、というのは、《どちらかにかたづける》ことなのだ。あの人は悪い人だ、あの女は感情的だ、あの男はけちだ、あいつは頭がいい、というふうに定形を作ることである。悪人だけど心優しいところもあるとか、感情的で冷静だとか、けちだけど金の使い方は知っているとか、頭はいいけど賢くないという表現は、あまり喜ばれない。しかし通常、人間の絶対多数は、そのように屈折した複合形を持っているはずである。自分にもわかりにくい自分の本当の姿を、どうして他人がわかることができよう。

私が多少、人間を恐れるような気分を持ったのは、二つの意味においてしょっていたからである。私はそれを、対人恐怖症や、赤面恐怖症や、人とのつき合いがうまくいかないと感じて軽いノイローゼに悩む、あらゆる人に言うことができるように思う。第一に私は誤解されるのを恐れて他人と会うのを避けようとしたのである。今では私は、誰がどう言おうと、諦《あきら》めようと思っている。幸いなことに、誤解というものは、誰の本質にも別に影響を与えない。

第二に、私は他人を正当に理解できないことを恐れたのである。私は小さい時から、他人にはどのように言うべきかに悩んでいた。私はどのような態度、どのような言葉遣《づか》いをしても、これで適当ということはないように思えた。三十代に不眠症になった時には、そのような傾向はもっとひどくなった。私は相手に無茶苦茶に誠実に正直になろうとして、ロがきけなくなってしまった。

人間には限度があるのである。相手を理解していない、という自覚さえ持てれば、多分その思いは、理解しているという安心よりまさるのである。

悲しみに満ちて、人間は恐らくこのような宿命的な人間関係に苦しみ続けるほかはない。それは、誰か、特別の個人の運命にだけ与えられた不運ではない。質の差こそあれ、その苦しみに悩まぬ人間はいないのである。

「人びとの中の私」

つい先日、私は中央アフリカのある国の一地方に、有名な泥棒の部族がいる、という話を聞いてほんとうに楽しかったのである。その村では、娘《むすめ》を嫁にもらいたいと言ってくる青年がいると、娘の父が彼に泥棒をさせる。どれだけ価値のあるものを盗んでこられるかで、その娘婿《むすめむこ》の候補者の才覚を推量するのである。

私たちは二〇〇三年の秋、その国を訪問する予定を立てていた。この話によって、私たちの訪問の意義は一段と深みを増し、できればその地方を訪問したいという希望も多くなったのである。しかし調べてみると、そこへ行くには首都から川船で三日遡《さかのぼ》らねばならない、というので、実現はできなかったのだが、この話を聞くと皆が行きたがった。現大統領も、実はその部族の出身なのだそうだが、さすがに経済省のようなお金を扱う部署には、自分の部族の者を任命していないという。

公金を不正に使うことはしません、と言いながら裏金作りの工作をする日本の政治家と、盗みは男の才覚とする世界は、実はどちらも困るのだが、はっきり盗むと公言するほうが少なくとも陰険ではない。盗みを才能とする世界では、また盗まれないようにする才覚も高く評価されるだろう。日本人は、そのどちらも教育されていないのである。

こういうことを言うと、「人を信じないのは寂しい。そういう人は気の毒ね」と憐《あわ》れまれる。しかし国民の税金から出したODAの金の行方《ゆくえ》を厳しく確認できなかったり、七十歳、八十歳まで生きながら「一年で倍に増やす」式の詐欺師《さぎし》の言葉に騙《だま》されて全財産を失うのも、やはり気の毒なのである。

私たちは「人は皆善人」と教えられた幼稚で危険な教育を受けている。「人は皆悪人」と教えられてもやはり片寄った貧しい教育を受けている。「人はさまざま」という教育を受けた時だけ安心していられる、と私は思っている。

「ただ一人の個性を創るために」

最近、トラウマを癒《いや》すために社会や周囲が傷ついた人に力を貸す、ということが考えられるようになった。初め私はその「配慮」に感心した。昔《むかし》は悲しいことがあると、私たちは人に隠れて泣いていた。気がついた周囲の素朴《そぼく》な人々が、ちょっとした甘いものや握り飯をくれて「頑張って生きるんだよ」と言ってくれる程度だった。

しかしトラウマを治すアフター・ケアーがあるというなら、もっと技術的にも巧《たく》みな方法があるのかもしれない。昔、風邪を引いても漢方薬の熱冷まししかなかった時代と違《ちが》って、近代的な特効薬があるのだろうか、という気もしたのである。アフター・ケアーが一般化すると、人々は誰かが面倒を見てくれるだろう、と決めてかかるようになった。慰《なぐさ》め手がないのは、社会や周囲が冷たいからだ、と考える。しかしそんなものは本当はないのだ。

昔、小学生の私が、母の道連れになって自殺未遂《みすい》にまきこまれそうになった時、私はあらゆる知恵を絞って、生き延びようとした。もちろん、私はどこかに誰か助けてくれる人や組織がないかと考えた。しかしどこにも助けてくれそうな人はいなかった。ほんとうに「どこにも」いなかった。その状況は今でも全《まった》く同じだろう、と思っている。

その結果、私は一人でノラ犬のように自分の傷をなめた。かっこ悪い方法だったが、どうにか生きてこられた時、私は一人で生きられたという微《かす》かな矜持《きょうじ》を得た。決して「自分を褒《ほ》めてやりたい」とは思わなかったが、内心ひそかに「運がよかったなあ。助かったなあ」とほっとしていた。それは私にとっては、重く痛い日々だったが、その程度のことは市井《しせい》の一隅の、「人さまにお話もできないような」ありふれた悲劇として、そのことを考えられるようになっていた。

今私がそのことを書くのは、それが大した体験ではなく、くだらない体験だから、却《かえ》って「ああ、私も同じだった」と安心してくれる人もいるかもしれない、と思うからだ。

ニューヨークとワシントンにいくら心理学者を送って被災者の心の癒しの手伝いをしても、ほんとうに癒す力は当人にしかない。自分で耐《た》えよう、自分で解決しようと思わない限り、その人は立ち上がることはできない。そしてそのような本能に近い力は、ほんとうは誰でも持っているものだ、と思う。

「「受ける」より「与える」ほうが幸いである」

自然の大きな特徴は、決して人間の都合で、芽を吹いたり、花を咲かせたり、実を熟させたりしないことだ。植物は完全に自分のテンポで生きている。人間はただその顔色を見て、収穫するだけだ。人間は武器を発明することで、あらゆる動物の中では一番強い者になり得たが、実はあらゆる植物を決して完全には統率していない。人はもっと謙虚になっていいのだということを、私は畑仕事から学んだのである。

「人はなぜ戦いに行くのか」

ここから逃《に》げ出しても幸福にはなれない

人の世の苦労は、どこかへ逃げ込んでも決してなくならない。麻薬を飲むような方法で、一時的に疲《つか》れを忘れても、決して本質的な解決にはなっていない。私たちはまっとうな方法で、進んで軛《くびき》を受け、しかしその神の軛に繫《つな》がれることで、現実を納得し、進んで苦労を背負えるような心の強さを与えられ、その事実に意味を見出し、ひいてはそれが生きがいや喜びとなるように計られているのである。

何事でも「させられる」と思えば、辛い。しかし進んで、誰かのためにするのだと思えば、耐えられるだけでなく、快い使命感や喜びや生きがいに変わるのである。

ウィリアム・バークレーは、次のような話を紹介している。

「或《あ》る少年が足の悪い小さな子供を背負っているのを見て、『君には荷が重過ぎるね』と言うと、その少年は『重荷ではありません。僕の弟ですから』と答えた」

こういう健全な子供たちは、今でも貧しい世界にいくらでもいる。母親が既《すで》に下の子供を産んでいて子守をする人がいないから、弟妹の扶養は常に兄か姉に任されるのである。

こうしたけなげな答えは、誰が教えたわけでもなかろう。こういう子供たちは子守や牛飼いに忙しく、親はほったらかし、学校にもろくろく行けないから、まともな答えなど教え込《こ》む人もいないのである。しかし背中の赤子を重荷と判断した人の言葉は、あまりにも彼自身の実感とは違ったのだった。

弟は弟なのだ。荷物でもなく、重荷でもない。愛があると重さの手応《てごた》えが変わることを、この小さな苦労人はとっくに知っていたのである。

「生活のただ中の神」

「スールたち、私は勇気があるからここにいるんじゃないんだ。ただここから逃げ出しても、私は多分幸福になれないと思うからなんだ」

ミシェル神父は「ここから逃げ出しても、自分が幸福になれない」と言う。その思いは驚《おどろ》いたことに、春菜も同じだった。それほどこの国に惹《ひ》かれているわけではない。むしろ春菜は時々、自分は修道女でありながら、この同じ信仰共同体《コミノテ》の姉妹たちを決して愛してはいないのではないかとさえ思う時がある。彼女たちの行動や感性を、時々反射的に嫌《きら》っている自分に気づく時があるからであった。

たとえば春菜は、ここのスールたちの中で手鼻をかむ人がいるのが嫌であった。指で片方の鼻を押《お》さえて、ちんと音をさせて鼻水を吹き飛ばす。その正確さはみごとなものであった。

春菜は理性ではその行動が自然であることを認めていた。今でこそ、スールたちは必ずハンカチというものを持っている。しかしたとえばスール・カリタスのように貧しい村に生まれたら、ハンカチやティッシュ・ペーパーを使えるような暮らしができるわけはないのである。だから人々はティッシュなしでも鼻がかめるような訓練をするのだ。

こうした生活の中で、向上心に満ちた村の秀才《しゅうさい》の娘たちのうちの何人かは、修道女になることで社会的な不備と、境遇の不満を解消しようとする。貧しい親の経済力では、初等教育さえ満足に受けられないから、修道院に入ってそこで教育してもらおうと考える。

村の男と結婚してもどれほどの未来が待っているというのだろう。それなら勉強し、時には修道院の中の勢力争いもうまく利用して「院長さま」と呼ばれる身分になる方がずっと楽しいに決まっている。もちろんそれだけが理由ではないが、アフリカではまだそうした俗念が貧家の秀才に修道生活を選ばせる情熱になり得る時がある。そのこと自体は決して非難されるべきものではないだろう。神はそれぞれの人間に一つの立場をお与えになった。人間の責任はその立場をどう使うか、ということだけであった。どの人の生活の背後にも優しい必然が存在している。

しかし春菜の感情は、決してアフリカの生き方を完全に承認してはいない。この国を愛しているなどと言ったら嘘《うそ》になる、とさえ思う。だからこの土地の人々のために、ここに居残る必然も認めてはいないつもりだった。

しかし修道女は一種の戦闘員であった。危険を前に任務を放棄して撤退するというのは、あってはならないことだと、本能が囁《ささや》いていた。

「哀歌（上）」

あれ程、菊川丈四郎《じょうしろう》に、冒険をするのはやめろ、と言っておきながら、今、彼が、S町のあの家で一生をおくることに決めたと書いて来ると、三好は微《かす》かに心に慚愧《ざんき》の念を覚えずにいられなかった。丈四郎の一生をそこに縛《しば》りつけてしまったのは自分のようにも思えた。三好は何が人間にとってよいことなのかわからなかった。

茫漠《ぼうばく》として、考えつめればつめるほど、何が幸福か何が不幸かも想像つかなかった。只《ただ》幸福でも不幸でも、感じるためには生きていた方がいいだろうということだけはわかっていた。

「わが恋の墓標〈断崖〉」

人生は闖入《ちんにゅう》と消失の連続だからこそ

賢帝として名高いマルクス・アウレリウスは、「追わず、拒《こば》まない」と言った。

人生は闖入するものと、消失するものとの連続なのだが、それらの状況はすべて、私たちに断りもなく現れては消えるものだからである。だからこの一見凡庸《ぼんよう》に見える身の処し方が一つの知恵になり得る。

マルクス・アウレリウス帝はまた、「神に仕《つか》え、宇宙の秩序に合致するところの人間」をもって良しとした。神は善だが、宇宙の秩序は善でも悪でもないだろう。

「アメリカの論理　イラクの論理」

実は先日、私は大変尊敬している一人の人物に会いました。私は自分と職業の違う人が好きで、それは恐らく私の功利的な精神からでたものと思われますが、その日も私には想像もつかない世界のお話を伺《うかが》って非常に楽しかったのです。

ところが最後になってその方が、

「僕《ぼく》は死ぬことなんて普段考えたこともないなぁ」

とおっしゃった時、モーレツな「嫉妬《しっと》」の感情を覚えもしましたし、同時にこの方と私は同じ人間なのだろうか、と不安にもなったものです。この気持をもう少し分析させて下さい。

私は人並み以上に怖がりですから、本当は死ぬことなんか全く考えずに暮らしたいのです。しかし私がそうできなくなったのはどういう理由からだったのでしょうか。

ひとつにはそれは性格だという人がいます。人間には死に向かう性格と生に向かう性格とがある。神父さまはお読みになったことがあるかどうかわかりませんが、生に向かう文学者の代表が谷崎潤一郎で、死に向かう作家の典型が川端康成だとおっしゃった評論家がありますが、これはわかりやすい分類かもしれませんね。

この二つのタイプを比べてどちらが得かというと、それはもう谷崎型に決まっています。私は若い時から明るい作風だなどといわれると嬉《うれ》しくてたまりませんでした。評論家などという方たちにも目のない人がいるものだなぁ、という気が内心しないでもありませんでしたが、暗い作品だといわれるよりはなんとなく世の中に害毒を及ぼしそうにない気がして、しめしめという感じがしたものです。
しかし私の中にあるのは昔から徹底して死に向かう意識でした。私はこれでも多少分裂した性格ですから、暗い性格を暗いままに表現するなどという素朴《そぼく》すぎることだけはしたくないと思っていただけです。それは私が都会生まれだということとも関係があるように思えてなりません。都会人というのは羞恥《しゅうち》の感情が不当に強いように思います。つまり破滅的な感情に苛《さいな》まれていても、実際に死ぬ前から太宰治みたいにはめろめろになって見せたくはない。本当に発狂でもしない限り、自殺する日まで自殺など匂《にお》わせないでいようというような奇妙な見栄《みえ》があるのかもしれません。私はほかの見栄は割と少ないほうだと思いますが……。つまりどのような深刻な事態でも、できれば触れまわらずにいたいのです。言い方を変えれば、小さい時から死ばかり考えてきたからこそ、私は明るい人間と思われることができたのだと思います。

「旅立ちの朝に」

甘くない予測をできる、ということは、動物にはない、人間にだけ許された能力である。現在を信じないことだ。今はじっとしていると、必ず景気は回復する、と私は思っている。しかし即効薬などあるわけがない。

「人はなぜ戦いに行くのか」

私はこの頃、なぜ老人に老年の苦しみが与えられるか、ということが少しずつ、わかるような気がし始めました。

おかしな言い方ですが、若いうちには、複雑な老年を生きる資格も才覚もないのです。自分の体の自由がきかなくなったり、記憶力が悪くなったり、美しい容《よう》貌《ぼう》の人が醜《みにく》くなったり、社会的地位を持っていた人がそれを失わねばならないようなことになって、あとただ残るのは、自分の気力と本当の徳の力だけ、というようなことになったら、若者ならとうていそれを耐える力はないと思われるのです。そしてそのような老年の条件の中で、多くの人はその人なりに成長します。つまり少年期、青年期は体の発育期、壮年と老年は精神の完成期ということです。その中でも、老年期の比重は大変重いでしょう。

割と最近、或る修道女から、胸をうつようなお話を伺いました。その方の所属されている修道会では、ローマだかパリだかで総会が開かれ、そこに世界各国からその会の代表者のシスターたちがお集まりになるというのですが、そこでやはり修道女たちの老年の問題が話に出ました。修道女たちといえども、教職その他を停年になった後は、私たちと同じように生活の変化に備えねばなりません。

その時、一人のアフリカからいらっしゃったシスターが言われたそうです。

「皆さんがたは、そういうことも考えなければならないのね。私たちの所では、老年なんて、問題にならないの。だって平均寿命が四十五歳なんですもの」

私はこの感動的な発言を、一瞬、老年の問題がないとは、何という羨《うらや》ましいことだろう、と考えたのです。しかし、一、二日経《た》ってから、そのような自分の受けとめ方は、何という浅はかなものだろう、と思いなおしました。

老年を知らずに済むということは、やはり貧しいことなのです。それは人間を完成させずに死に追い遣《や》ることでしょう。もっとも私は、医学がただ人間の延命だけを考える時期は終わったと思っています。もし不必要な老化を防ぎ、そしてほどほどの期間だけ、老年を味わって生かしてくれるなら、それは何ともありがたいこと、と言わねばなりません。
たとえ、まだ、三十歳、四十歳の方でも、死はそれほど遠いものではありません。死はいつでもやって来ますし、すぐ老年になります。しかし死は生を味つけしてくれる塩なのです。

「旅立ちの朝に」

世のしがらみの中から、ほんとうに大切なものに仕えること

私は最近、体の凝《こ》りを取る指圧を受けるようになった。初めは隠れていた凝りが次々に手に触るようになり、僅《わず》かずつだが消えて行く。全治に十か月近くかか

った大きな足の骨折の間に無理をしてできた凝りもあるでしょう、と説明されたが、私はもっと他の解釈をしている。

つまり私はほんとうは気が小さいから周囲には怖いものだらけ、そして私自身は失いたくないものだらけだったので、体中に凝りを作って、全方位に対して防御的に生きて来たに違いない。何という人間の小ささだ。もっとおおらかに筋肉を弛緩《しかん》させて生きて行きたい。それにはたった一つのことを守る以外、後は譲ることが肝要なのである。

「人はなぜ戦いに行くのか」

「お父さんのことだけど、僕は、絶対に死なないと思いますよ」
「死ぬ、死ぬ、という人は死なないって言うんでしょう」
「まあ、そうも言いますけど、お父さん、死にたくはないから、死ぬ死ぬ、と言うんだと思うんです」

「そうかも知れないわね」

「でも、万が一、本当に死んでも、気にしないで下さい」

五月《さつき》さんは、ほっとしたように、太郎の顔を見た。

「手を尽《つく》しても、防ぎ切れない、ということもあるかも知れませんからね。実は僕の知り合いにそういう人、いたんです。そのおじいさんは、病気でもなかった。孤独《こどく》でもなかった。いい奥《おく》さんがいて、娘夫婦と、孫と、一つの家に暮《くら》していました。すごい金持という訳《わけ》でもないけど、生活に困らなかったんです。だけど、その人、もし妻に先だたれたらどうしたらいいだろう、と言って、自殺未遂《みすい》を何度もやったんだって」

「人間って、どこまでも不幸になれるのね」

「一家は交替《こうたい》で、そのおじいさんを監視《かんし》してね、ほとほと疲《つか》れちゃったんですよね。それでおじいさんの誕生日《たんじょうび》を祝って、その日はとても機嫌よくしてるから、安心して、その日に限って、皆で眠《ねむ》ったんですって。そうしたら、その日の明け方に、裏の古井戸にとび込んじゃったんだ」

「そういう例もあるのね」

「だから僕、思うんだけど、或《あ》る場合まできたら、死んでも傷つくのはやめた方がいい。

死ぬということくらい、本当は卑怯《ひきょう》なことはないでしょう。もう、何と言おうと相手の言うことを聞かない、というやり方に出る訳だから。だから、親であろうと誰《だれ》であろうと、そういうことで傷つけられないで下さい」

「太郎物語〈高校編〉」

「あなたは、何の目的で僕に会いに来たんですか？」

百瀬《ももせ》は尋ねた。

「あなたの気持を打診するためなんです、奥村《おくむら》さんに対する……」

「頼まれたんですか？　彼女に」

「そんなことどうだってよろしいじゃありませんか」

百瀬は微笑した。

「僕だって口がありますのでね。好きだということを相手に言いたければ自分で言いますよ」

俊子《としこ》は心臓が冷たくなるような気がした。これは決定的な拒絶の意味を含んでいた。

「しかしあなたも、おかしな人だな。いや親切な人だな」

百瀬は言った。

「僕は、彼女よりもあなたの性格のほうに興味があるな」

「奥村さんには、今縁談があるんです。あのひとは、あなたのことを思っているから、その縁談をおしつけられるのがとても辛《つら》いんです。あなたにも責任がないことはないと思いますわ」

「僕はそういうところは冷酷な人間でね。自分のためにひとの運命が狂ったなどとは決して思わないことにしているんです」

「死んでもいいんや、人間になりたいから」

「ばかなことを言っちゃいけないよ」

三好《みよし》は答えながら、ふいにとめどない倦怠《けんたい》を心に感じた。昔、外国へ行ってみたいと三好は思ったことがあった。しかし田舎の生活を何年か続けていると、そういう飛躍した気分は次第になくなって行くようだった。今はもう何も見なくても、大抵想像がつくような気がした。この海の先には又同じような陸があり、そして又そこに同じような人間が同じような思いに悩みながら生きているのかと思うと三好はうんざりした。

「やめないか？　どうしても」

丈四郎は首を横にふった。

「じゃ、仕方がない。僕も君のことを忘れよう」

忘れられないことはわかっていたが、三好は丈四郎を見捨てようと思った。


「わが恋の墓標〈断崖〉」

「放念」というのも、貞春の好きな言葉であった。多くの場合、人間が己《おの》れの分際を心得て、自分の守備範囲を守っていさえすれば、大して悶着《もんちゃく》は起きない、ということは多いのである。

「神の汚れた手（上）」

自然破壊というと、川の護岸《ごがん》、ダムの建設、海の干拓《かんたく》、海岸の成形、山の切り崩し、道路の建設などのことだ、と日本人はすぐに反応するが、中国は三峡《さんしゃ》ダムを作り、タクラマカン砂漠の縦断道路を完成した。どちらも大きな自然破壊ということになるだろう。しかし人間は生きるためには、賢いことと共に愚行や蛮行《ばんこう》も時にはしなければならないのである。

文明の恩恵に浴しながら自然が保たれることなどない。ホタルが夢のように飛ぶ土地には、必ず工業も産業もない。ホタルか雇用かどちらかを取るのが、人生だ。

「「受ける」より「与える」ほうが幸いである」

不自由の中にある自由とは

何が嬉《うれ》しいと言ったって、好きな時間に眠《ねむ》り、誰《だれ》にも邪魔《じゃま》されずに本を読み、黙《だま》っていたい時に喋《しゃべ》りかけられなくて済む、という生活がこれからできるのかと思うと、太郎は胸が躍《おど》った。しかし、同時に、そのようなあまりにも自由な生活に、自分が耐《た》えられるだろうか、という不安もあった。人間は不自由の中にいてこそ、自由を想《おも》うのであって、自由の中にいると、食べすぎた後の胃袋《いぶくろ》みたいな気分になるかも知れないのである。

「太郎物語〈大学編〉」

私は産経新聞の「朝の詩」の愛読者だが、五月十五日付の宮川優さんという方の詩は、文学的な気分を離れて、強烈な社会的な意味にうたれて拝読した。引用しなければ、記憶しておられる方も少ないかもしれないので、再びご紹介させて頂く。

「凧《たこ》が空高く飛べるのは
誰かが糸を
引っぱっているから
でも凧は
その糸さえなければ
もっと自由に
空を飛べると
思っている
その糸がなければ

地上に
落ちてしまうのも
知らずに」
（中略）
凧の糸は、失敗、苦労、不運、貧乏、家族に対する扶養義務、自分や家族の病気に対する精神的支援、理解されないこと、誤解されること、などのことだ。それらは確かに自由を縛るようには見えるが、その重い糸に縛られた時に、初めて凧は強風の青空に昂然《こうぜん》と舞うのである。

「「受ける」より「与える」ほうが幸いである」

千江《ちえ》を愛して、石橋《いしばし》はこの世で初めて計算を捨てたのであった。計算をやめると世の中は何も見えず、まるで手さぐりで歩いているようなものである。その代り、気楽で快く甘い。こんなにバカのように素直になれば、石橋はこの世で何も出来ないことはないような気がした。

「わが恋の墓標〈わが恋の墓標〉」

「日本人のように働き過ぎになることは、愚かなことだ、と言われていますよ。あなたのお国は、お金持ちと貧しい人たちとが分かれているからご苦労も多いんです。日本には、大金持ちもいませんが、今日ご飯が食べられない貧乏人もいないんです。中流ばかりです」

もちろん私はそこに何の注釈も評価も付け加えなかった。しかし多分私の語調には、そういう日本は南アと比較していい国だ、という見え見えの調子が籠もっていただろうとは思う。するとこの人は言った。

「中流ばかりということは、国家にとってはまことに都合のいいことだけれど、個人にとっては嘆《なげ》かわしいことだ。芸術も育たない。金持ちになる夢もない。人間として生きる基本的な力に欠けて来るでしょうね」

「沈船検死」

今日は私の古稀《こき》の誕生日。

「古来稀《まれ》なり」だから古稀と言ったのだが、「今やざらなり」になった、と誰かが言っていたのを聞いたことがある。しかし現実を見ると、やはり七十歳という区切りは越《こ》えるになかなか恐ろしい厳しさを持っている。

「たくさん七十歳で死んじゃうんだぞ」

と朱門は言う。

だから毎日「今日までありがとうございました」と神さまに言うことにしている。明日のことはわからない、と自分に言い聞かせ、毎日今日で死ぬことにして、心の決算をつけている。

「私日記3　人生の雑事すべて取り揃え」

「少しばかりほっとするんですがね、アフリカを出る度に。だから僕はクリスチャンじゃないけど、旧約聖書の『出エジプト記』（モーゼがイスラエルの民を率いてエジプトを脱出した経緯《いきさつ》を書いた記録）が実によくわかるんですよ。しかし同時に、日本に帰るとこれだけ心躍《おど》らせる事件があるかと思うんですよね。いいことやぜいたくには、あまり心躍らないんだな、僕は。悪い事や願わしくないことから逃れた時の喜びというものが、ほんとうの心躍る瞬間なんだけど、日本にはそう度々その手のものがないですからね。しかしこの国やあなたがいた国には、日常茶飯事にそれがあるんですよ」

「哀歌（下）」

小学校が水に浸《つ》かって、明日から再開するという。すると先生が、前日に小学校の低学年が使っている積み木なんかの泥を洗ってやっている。なぜ、当日出てきた子供たちに自分で洗わせないんでしょうね。児童はお客様じゃないんですよ。大人と同様に、受けた運命は分に応じて担《にな》わせなきゃ。それが生きた教育のチャンスじゃありませんか。

でも財団の職員はほんとうに賢くなっていました。リーダーが言うんです。

「災害現場はどんなに片づかなくても、三週間たったら一応引き上げるべきなんです。被災者も他人といるのに疲れていますから。その後また考えればいいんです」

「日本財団9年半の日々」

「ママはこの手帳を、彼女のイギリス人の夫（私はやはりパパと呼ぼう）からもらったと言っていた。ママは字を書くことは一応できるけれど、字を書くことが好きではない。でもパパからアフリカの妻は知的と思われることを好んだ。

それで持ち主はほとんど使ったこともない手帳を、私はパパの形見としてママから譲り受けた。形見という言葉を使うことがこの際適当なのかどうか。パパはまだ亡くなってはいないのだから。それにそのパパは、私というアフリカの血の混ざった娘はいない、と正式に血の繋《つな》がりを拒否した人なのだから、形見をもらうわけもないのだ。

だからこの手帳に、私は物質として以上の意味を見ようとしているわけではない。しかし一般に手帳というものは、どんなものでも、そして誰にとっても、物質以上のものだ。書くことによって私は救われている。ことにこの小神学校の建物に移って来てからは、私の生活はひどく変わった。寂しく、無防備に感じられる。しかしこれほど祈った日々もない。

一日は、二十四時間。八時間眠って、八時間働き、八時間が自分の時間として残る。そのうち三時間は、顔を洗ったり、マニヨク薯《いも》の処理をしたり、履物を繕《つくろ》ったり、生きるための仕事に必要だ。しかしそれでも五時間は祈りのために使える。

私は本部修道院にいた時はこういう計算をしたことがなかった。五時間も祈りはしなかった。しかしここへ来て、殊《こと》にツチの子供たちの授業が事実上閉鎖されてからは、五時間の神との語らいが自然に私の生活に組み込まれてきた。何というぜいたくだろう。

もっとも、私はまだ不平を言っている。近い将来種を蒔《ま》いて畑にするための土地を整備しようとしているが、その開墾も、裁縫をするのも、何もかもが停電のおかげで日のあるうちにしなければならない。この手帳をつけるのだって、できれば昼の光の中で書く方が眼が楽だ。何もかも昼に仕事が集中して、夜は眠りと祈りだけ。

毎日、星空の下で祈る。私はすべての人のために祈っている。亡きママのためにも、まだ生きているだろう実のパパのためにも。祈りは甘い。悲しい。血が流れている。だからすばらしい。（下略）」

「哀歌（下）」

過去の価値を貴《とうと》び、楽しむこと

男は最初の結婚に失敗し、女は二児をかかえて夫に先だたれたのが、ある所でめぐり会った。女も男も好きになった。すると男は、お互いに今までの過去をきれいさっぱり切り捨てて、新しい生活を築こうと言った。

そのためには、住居も新しくする。自分は勤めも変わろう。二人で生活をつくるのだ、と言われて女は嬉しかった。しかし男は、女の二人の子供も彼女の母の所へ預けることを条件にした。子供には、前の夫のおもかげがやどっており、それを見ていると嫉妬で耐えられない、と言うのである。

それは口実ではなく、男は女が、普段から着ていた服も家具もすべて捨ててくるように、と言った。二人の結婚の準備は、何から何まで男が用意した。女の下着も服も茶碗も新しく買ってくれた。

女も初め、夫の最も純粋な愛情にふれたように感じた。しかしめぐり会いの神秘感が薄れると、女は自分の過去を考えるようになった。自分はもう若くない。彼女はそのとき三十五歳だった。三十五までに自分は二人の子供を生み、その年の女にふさわしい生活の重みを身につけたのだ。それを捨ててこいということは、自分の小さな歴史も切り捨ててしまえということだ。それはあまりに残酷ではないか。

女は男によって確かに生まれ変わりたい。しかし、その前に、あるがままの自分を許し抱きとってもらいたい。過去を捨てろ、と言うのは、実際のところ、男のとほうもない身勝手だ、と彼女は思い始めたのである。

「誰のために愛するか」

私には何のいいこともなかった、と言う人もいるかもしれない。しかし、この世で、まったく何のいいこともなかったという人はまれなのである。

どのような境遇の中でも、心を開けば必ず何かしら感動することはある。それを丹念に拾い上げ、味わい、そして多くを望まなければ、これを味わっただけでまあ、生まれないよりはましだった、と思えるものである。

「完本　戒老録」

世の中には、昔のことをなかなか忘れない人と、すぐに忘れる人とあるのではないだろうか、と俊子は思った。千枝は、金沢の少女時代のことも、麻布《あざぶ》の生活も何一つ心に留めていないようだった。それは千枝の性格が強いからなのか、彼女の心がもうぼろぼろに破けているからなのか、俊子には判断することが出来なかった。千枝とくらべれば、俊子は自分が過去に対して執着も怨《うら》みも深いような気がした。

「わが恋の墓標〈金沢八景〉」

先日一人のドクターから、いい話を聞いた。その末期癌《がん》の病人は、娘が夫と転勤した土地で新たに作った家のことがしきりに気になっていた。できれば行ってみたい。しかし今までの常識的な医療体制の中では、とてもその地方まで旅行することは許されない。

しかし主治医は「行っていらっしゃい。行けますよ」と言ってくれた。もちろん詳《くわ》しいことは私にはわからないけれど、痛み止めなどできる限りの方策は用意して出たのであろう。

とにかく喜びは人に元気を与える。病人は、娘の家で幸せな数日を過ごした。恐らく孫とも話し、家族で食卓を囲んだであろう。もはや一口も食べられなかったかもしれないが、家族の団欒《だんらん》とは実際に食べる食べないではないのだ。

その人は病院に帰った翌日に亡くなった。

そこにあるのは「よかった」という思いだけである。「何てすばらしい最期の日々だったのだろう」とその話を聞いた人は思う。娘の家に行くのはそもそも無理なのに、主治医が許可したから病人は死期を早めた、などと訴えたりは決してしない。それどころか、主治医の勇気ある決断に感謝を惜しまないのが家族の人情である。

音楽の好きな私の知人も癌を患《わずら》っている。体力は落ちているが、音楽会に行きたい、という思いは抜けない。

「いらっしゃいよ」と私は言っている。少し痛み止めが効いているからぼんやりしている、とその人は不安がるが、眠くなれば眠ればいいのだ。万が一、音楽を聴きながら死ねたら、最高の死に方だ。人は最期の瞬間まで、その人らしい日常性を保つのが最高なのである。

「社長の顔が見たい」

「気が合う」とはどういうことか

年寄りになると、誰それは私の心をわかっているとか、誰それは私の味方だとか、幼稚な表現をするようになる。気の合った仲というのはあるが、それは相手が正しい人だから好くのではない。なんとなく物の感じ方、おろかしさ、性質、趣味などが似ているから仲よしになるのである。味方だから受け入れ、自分を非難するようになったら拒否する、という形に思考形態が変わってきたら、老化がかなり進んでいると、みずから自覚したい。

「完本　戒老録」

「私ね、彼を愛している間は苦しかったわ。でも、今、少し憎み出したら元気が出て来ました」

「愛なんてだめなんだよ、不安定で。愛に比べたら、憎しみは長続きする。僕はこの頃、愛するのと憎むのと、さして違わないような気がして来たな。ことに憎しみも悪くないよ。憎しみという形で、どん底から安定した人間関係って、よくあるからなあ」

「先生はいつもそうやって、人と違った評価で、世の中のことを考えていらっしゃるんですね」

新庄玖美子は貞春に言った。

「そんなことはないよ。僕の根本精神はミーハー族的なの。僕、そのことをむしろ誇りにしているしね。ただ僕は、生みの母と育ての母と違ったから、どちらかと言えば生みの母を憎んで、育ての母を愛したんですよ。しかしこの頃、僕はそのどっちでも、関心の持ち方の一つのあらわれだと思うようになったのよ。愛の方が聞こえがいいけどね。無関心よりは憎む方がまだいいかも知れない、と僕は思うようになった。少なくとも憎しみは人間的でしょう。だけど無関心というのは、無機的というか、金属みたいに冷たくていけないよ」

ほどほどのストレスは身のため

動物園のライオンていうのは、いつもエサがあるからだらけきっちゃうんですって。動物園のライオンを長生きさせるにはどうするか。人間が移動する車の通り道にエサをとる必要もなくて、ライオンがでれーっと寝てる。それをわざと轢《ひ》こうとするんです。もちろんライオンのほうがすばやいから、絶対轢かれたりしないんですよ。どうしてそんなことをするかと言えば、それが唯一の健康を保つためのストレスなんですって。そうでないと飼われているライオンには何ひとつストレスがない。敵がいなくて、いつでもエサがある。

なんにもストレスがないっていうのは困ったことなんですね。何か少しはストレスがあったほうが身のためということでしょう。

「人はみな「愛」を語る」

ストレスを受けて病気になる人が、今の時代にもなくならない、と言う。

もちろん一概に、ストレスの原因を決めるわけにはいかないけれど、私は昔から、マラソンと同じでトップに立つ人はさぞかし風当たりが強く、その辛さが胃に来たり血圧の変調になったりするのではないか、と思っていた。

私が昔からいつの間にかやり続けて、割と楽なストレス処理法だと思うのは、最初からいい評判を取らないことである（本当は「取らない」のではない、「取れない」のだが、この際そういう正確さはどちらでもいいことにしよう。厳密でありすぎることもまた、ストレスの原因だから）。

人はどういう生き方をするかなかなかむずかしい。私の実感では、人から一度褒《ほ》められるようになったら後が大変だ、という気がする。よく気がつく人だ、などと一度でも思われようものなら、ずっとそういう献身的な態度を要求される。あの人は人付き合いのいい方で、などと言われたが最後、あらゆるところからお誘いがかかり、お返しでまた呼ばねばならず、本を読む暇《ひま》もなく、ずっとパーティーを開き続けていかなければならないのだ。

ことに地方の、伝統的な空気の強い閉鎖社会では、評判が人生を決めてしまうことさえある。

だから最初からわざと、あの人は役立たずだ、気がきかない、態度が悪い、神経が荒い、親切でない、ということにしておくと、当人はそれほど気張らなくても済むのである。ここが面白いところだ。

ことにいいことは、そういういささか悪評のある人がちょっとでもいいことをすると、それは意外な効果を生むということである。

もともと気がきくと思われている人なら、して当たり前のようなことを、気のきかないとされている人がすれば、「あの人も意外と考えているのね」と褒められ、普段から親切だと思われている人なら当然とされているようなことでも、不親切だという評判を取っている男がちょっと気配りを見せると「あの男も、時には味なことをやるもんだね」と大受けである。

悪評に馴《な》れておけば、少々の悪口に深く傷つくなどということもない。時々まじめ一方の人が、部下の犯した失策などまで気に病んで、突然飛び込み自殺などしてしまうことがあるが、それは若い時から人生の生き方の作戦を誤ったのである。

つまりあまりにも単純に優等生的な道を選ぶということは、多分それだけで優等生でない証拠《しょうこ》なのである。

要は自分流に不器用に生きることである。自分流でなく、他人流に生きようとする人が多過ぎるからストレスが起きる。

「社長の顔が見たい」

斎木は珍しく、気が滅入《めい》ってならなかった。人間どう生きても、ろくなことがない、という想いが斎木を捉《とら》えた。カルバー夫妻は仲のいい夫婦だった。カルバー氏は朝鮮《ちょうせん》戦争にもベトナム戦争にも従軍して、幸運にも生き残り、それなりにいい仕事を残した。未亡人は、夫の愛に包まれ、ハワイで、何の不自由もない余生を送っていた。しかしそれが幸福とは少しも繋がっていないのであった。

「それであなたの鬱《うつ》病はまだ続いているの？　それとも治ったの？」

「翌朝、治ったんです」

なあんだ、大したことないじゃないか、と私は思った。

「その夜はよく眠れませんでした。冷房を消して、ヴェランダの鎧戸《よろいど》だけにして寝たんですけど、そうすると海の音が聞こえて、それが無惨で恐ろしくてしかたがありませんでした。海には、人間を呑《の》み込むような感じがありますからね。でも翌日、寝不足でふらふらのまま朝食堂に下りて行ったんです。そしたら朝《あさ》陽《ひ》が差し込む中で、隣のテーブルに年子みたいな二人の子供を連れた夫婦がいました。その二人の子がね、ぎゃあぎゃあ交代に泣いて喧《やかま》しくてしょうがないんですよ。それなのに、雀《すずめ》の奴がまた人を舐《な》めてて、平気でそのすぐ傍《そば》に止まるんです。『鳥に餌《えさ》をやらないでください』って、ちゃんと注意書きはあるんですけど、奴ら、パン屑《くず》食べに出勤してきてるんですからね。傍若無人《ぼうじゃくぶじん》なんですよ。

そしたら、またその隣に、もう一人子持ちの夫婦が来て、四メートルくらい離れたテーブルから『お宅の子供さんは何カ月？』なんて聞いてる。『下の子は半年』『すばらしいわね』てな調子ですね。別にすばらしく大きくもないし、すばらしい器量の子でもないんですけどね」

そのうちに雀の一羽が、子供の頭に糞《ふん》をした。またもや子供が泣き、親はナプキンで拭《ふ》き取り、もう一人の子も泣き始め、それでも父親は悠然として、三段重ねのパンケーキにメープル・シロップをどっぷりとかけて食べるのをやめなかった。

「そのうちに段々僕の方も、鬱病が治ってきたんですよ。生活って待ったなしですからね。やはり子供を見てると、生きること以外、考えることを許さないところあるでしょう。(下略)」


「一枚の写真」

わざわざ不幸になる道を歩む人

妻が自分より優秀だったら喜べばいいんだし、妻が自分より少し劣《おと》っていたらそれも気楽でいいなあと思えばいいのにね。妻が優秀だったら「いやぁ、うちのカミさんは俺と違ってソロバンうまいんですわ」って自慢すればいいでしょう。それから、奥さんがまるっきり算数ができなかったら、「いやぁ、もう俺がついててやらないとどうしようもないですわ」って喜べばいい。どっちもそれでいいんじゃないでしょうか。

たまにいるのは、妻と違って自分は数字の観念がないってことで卑屈《ひくつ》になり、それから、ばかな女房をもらってしまったといって不幸になる人。同じことなのに、わざわざ不幸になる道を選ぶことはまったくないと思います。

「人はみな「愛」を語る」

働いているうちに人間は誰でも行きづまりを感じる。ある娘にとっては、会社で誰も自分を女と見なしてくれないということは不満の種だが、別の娘にとっては課長がちょっと男の眼つきで、彼女のセーターの胸のあたりを見たというだけで、非常に侮蔑《ぶべつ》されたように感じ、もうその課長の顔など見たくもなくなるし、声を聞くだけで、寒気がするという状態になるのである。

あるいはもう少し複雑にものを考える性格の娘は、課長のいやらしさや、競輪好きの同僚の馬鹿馬鹿しさは我慢できるとしても、何のために、今自分がここでこうして働いているのか、わからなくなってくる。

つまり彼女は職業に興味を持っていないのだ。そしてこれは、仕事を持つ女性にとって（もちろん男にとっても）根本的な不幸である。

あるとき、必要があって船に乗っている人に電報を打とうと思い、その船会社に電話をかけた。

「××丸に電報を打つことについて、伺いたいのですが」

と私は言った。

「そのお船はどこのお船でございましょうか」

明るい可愛らしい声が返ってきた。

「どこのって、お宅の船ですよ」

私は考え込む。このお嬢さんは自分の会社の船に安く乗せてもらって、面白い旅行をしようと思わないのだろうか。

デパートで売場を聞く。

「セーターの売場はどの辺でしょうか」

「セーターでございますか。ちょっとお待ち下さい」

そこで彼女は同僚に聞いている。

「ねえ、セーターってどこだっけ」

この売子さんは自分の店で何割引かの安いセーターを買おうと思わないのだろうか。これほど興味がないのでは、まったく勤めていても面白くはなかろう。

私は決して経営者の立場になり代わって、当節の若い人たちを叱咤《しった》激励するつもりはない。職業というものはすべて義務でやれと言われたからやるのだ、ということになれば辛いだけで、自分でこの世界を知ろうとすれば、無限の興味を持てるものなのである。

「誰のために愛するか」

たとえば、立派なお屋敷に住んで何人も召使いがいるような人が、家でパーティーをする。そうすると、何某《なにがし》さんと何某さんをお招《よ》びしたときには、お料理のメニューはこれで、お花は何で、ロウソクは何だということを全部ノートにとって、二度と同じものを出さないんですって。

私は話を聞いただけでくたびれて、自分はそういうことを一回もやらなくて済んだのは幸せだと思う、低いほうの水準になだれ込む人間なんです。知的には私なりに高いほうのもやりたいですけれども、基本的に低いほうの水準で生活するというのは、一種のゆとりができますね。いっぺん下げても、自然にまた上げたければ上げればいいのですから。それはたいして悲劇にならない。

むしろ、非常にシンプルな生活をしたり、どこかで手を抜くということをするのと、一生懸命高くなるように生涯努力しても、同じぐらいになるんじゃないかしら。どっちが幸せとはいいません。これは性格による。私のようなのは低きにつくのは楽でいいなあ、と思って生きています。これだから、不眠症にもならないし、イライラもしない。私なんか、きつい生活していると人に当たりたくなるんです。これ以上当たったら大変だから、のんびりしてるから、のんきな顔してられるんだなあと思うんです。だから、それぞれのよさを思うのがいいですね。

「人はみな「愛」を語る」

自分で「選択」しなければ得られないもの

昔は、自分の身に起きることはすべて自業自得《じごうじとく》であった。ごく限られた天災で災難に遭《あ》うことはもちろん当人の責任ではなかったが、それでも天災の結果を誰かが補償せよ、という発想はなかった。

近代社会は、一人の人間が避け難《がた》いような不幸の結果をそのまま一人で背負えとは言わなくなった。どんな社会形態の中でも、それはすばらしいことだ。日本では救急車はタダで病人を乗せて行く。それをいいことに救急車をタクシー代わりに使う品性の卑《いや》しい人もいるというが、私の訪れた多くの途上国では、救急車は有料で、料金の工面《くめん》がその場でできなければ、病人が痛みにのたうち回っていようが、怪我《けが》人が血を流していようが、その場に放置して帰る。こうした制度一つを取ってみても、日本の社会制度は一つの完成に至った、と見てもよい。しかし同時に、日本人はすべて自分の身に起きた悪いことは、必ず誰か他人のせいだ、とするようになった。

（中略）

もう十年くらい前、一人の車椅子《くるまいす》の女性が、私が続けている「身障者と行く聖地巡礼」に参加を申し込んだことがあった。出発の一ヵ月ほど前になって旅行社から私に電話があった。

「今度初めて参加される○○さんという方が、出血されたとかで体調を危ぶんでいらっしゃるんですが、死んでもいいから行きたい、と言われるんだそうです」

「ご自分が死んでもいい、とおっしゃるんなら、いらっしゃればいいんじゃないですか」

と、私は答えた。

その女性は「小さな箱に入って帰る」ことまで覚悟していた、と後で語ったが、もちろんそんなこともなく、むしろ旅行前より元気になって帰国した。

彼女と信仰の中の神との繋がりなど、部外者には窺《うかが》い知る由《よし》もないのである。私はまだ会ったこともない相手に対する尊敬と一種の無責任からそう答えたのだが、日本の「世間」はこんな返事を普通は許してくれない。しかしパウロもこういう場合、多分その人には「選ばせる」だろう、という気はしている。

「生活のただ中の神」

最近の恐ろしさは、法に触れない程度の悪人になる自由も残さないことだ。新聞記者用パソコンにしかけられた差別語漢字変換拒否と同じ形の規制である。悪事を働くことができないように法で規制すると、世の中が善人ばかりになるかと言うと、全く反対で、自分で判断するのを止《や》めたつまらない人間が増えるだけだ。善悪の選択こそ、輝くような個性の存在の証であるべきだ。

「沈船検死」

差別語をいけないというのはおかしいと私はずっと思い続けてきた。私たち作家は、時には悪い言葉を使って作品を書く必要があるのである。喧嘩《けんか》の場面を書く時には「バカ」とか「でき損《そこ》ない」「デブ」「ブス」「スケベ野郎」などという相手を侮辱《ぶじょく》する言葉がなければ喧嘩にならない。

それを使ってはいけない、ということを承認し、おろかなことに「申し合わせ」や「社内規定」などで使わない言葉を決めた新聞社こそどれだけ自由を阻《はば》み、思想の画一と統制に加担したかわからない。

「報道、表現の自由」を新聞が担《にな》ったなどと、どうして言えるのだろう。悪い言葉を使わせない、というほど、ひどい言論弾圧はない。差別語を使って差別的な態度を示すという悪事を働くのが表現である。

読む人は当然それを批判するだろう。そういう書き方をする作家の書くものを以後読まないと思うかもしれない。選択の自由は許されているのである。

「「受ける」より「与える」ほうが幸いである」

イラクに派遣される旭川の陸上自衛隊の情況を渡部宏人記者が報じているが、登場する二人の自衛隊員の発言がいい。

「死傷者が出た場合でも、小泉（純一郎）首相は首相の座を降りるべきではない。我々が命懸けで任務を遂行する以上、首相には途中で責任を放棄してほしくない」

当然のことだ。戦いの場に出て行って、犠牲者が一人でも出たら政権を降りるべきだと思う方が、世界の非常識だ。その代わり総理は、その責任を生涯一身に負って生きなければならない。

もう一人の自衛官の発言。「国民が一〇〇%賛成だったら、プレッシャーで逆におしつぶされてしまう。半分くらい反対の方がいい」

これは自衛隊員ならずともすばらしい言葉だ。

戦後の日本人は、世間の動向を参考にし、大方の世論に逆らわないように生きることをよしとして来た。大方どころか、すべての人が支持してくれることを期待して来た。そこには一人で耐える勇気も、自分独自の美学を構築する力も皆無《かいむ》であった。しかしこの二人の自衛隊員の言葉は、日本人としてみごとである。

ひさしぶりで「自ら反《かえり》みて縮《なお》くんば千万人《せんまんにん》と雖《いえど》も吾往《われゆ》かん」という言葉を思い出した。千万人、つまり自分の周囲がすべて反対しようとも、自分の心に問うて正しいと思えば進むべきである、ということだ。最近の日本人には、この思いが皆無である。敵に廻《まわ》す人や反対される思想が存在してこそ、自己の選択と行動の意味が明確になることを知らない。

「アメリカの論理　イラクの論理」

昔、聖心《せいしん》という学校で「国際的になるということは、その国の人としてみごとな人になることだ。（To be international, be national.）」と教わった。英語が喋《しゃべ》れるかどうかなどということではない。思想、ものごしに、その人が選んだ人生の筋が通っていれば国際人になれる。これは真理である。

当時、英語で授業を受ける国際部の生徒たちと私たち日本人の生徒たちが同じ講堂で集まる時、向こうは右足を引くバレリーナみたいなお辞儀（コーテシィ）をやり、私たちは日本風の最敬礼をさせられた。それを指導したのは、イギリス人、ドイツ人、スペイン人などのシスターたちであった。当時は、チューインガムを嚙《か》み嚙み町を歩き、すぐダンスに行き、というアメリカかぶれが流行《はや》っていた時代だったが、私たちは食べながら歩くことも、両親同伴でないダンスパーティーに行くことも禁止されていた。世間に流されない、というのが、私たちの受けた教育の基本姿勢だったのだ。おかげで生き方がわかった。

「私日記3　人生の雑事すべて取り揃え」

戦後の沖縄《おきなわ》で聞いた話で、今でも忘れられないものがある。一九四五年の沖縄戦の時、十二歳の少女だった人が後年語ってくれた体験である。渡嘉敷島《とかしきじま》の村民の一部が玉砕した日、彼女たち三人姉妹は、両親が自決した後もまだ生きていた。一番下の弟は二歳で、死んだ母の乳房にすがっていた。

そこにアメリカ兵が来て、姉弟にチョコレートを差し出した。すると近くにいた年上の女たちが、「毒が入っているんだから、食べてはいけないよ」と注意した。

十二歳の少女は考えた。どうせ皆死んだのだ。お母さんが死んでおっぱいもなくなれば弟も生きていないだろう。だからこの毒入りのチョコレートを与えて死なせればいい。十二歳の少女はアメリカ兵からチョコレートを受け取り、それを弟に与えた。その時それを見守っていたアメリカ兵は激しく泣きだした。少女はその涙を長い間忘れなかった。

ここに登場するのは、恐ろしく高級な意識を持った二人である。若いアメリカ兵も戦いと人命について深い人間的思慮を持っていた。そして少女もまた十二歳ながら、「死を受け取る」という堂々たる選択を果たした。

「アメリカの論理　イラクの論理」

日本人が忘れかけていること

九月十一日のアメリカの同時多発テロ以来、私たちは世界の潮流が一気に変わるのを見た。

（中略）

暴力も暴力、まさにめちゃくちゃな自殺テロである。あの時、多くのアメリカ人があの攻撃を真珠湾《しんじゆわん》攻撃と比較したので私はびっくりしたが、アメリカも原爆《げんばく》というもっと残虐《ざんぎやく》な暴力を振るったのである。敢《あ》えて言おう。世界貿易センターの死者は「たかだか六千人未満」だが、アメリカは核兵器の残虐性を知りつつ、テロリストとしてではなく「正義をうんぬんする国家として」二個の原爆を日本の非戦闘員が住む地区に向かって投下したのである。

それによって約二十万人はその瞬間に黒焦げになったのである。人の命は数ではない、と言うが、数は揺るぎない事実であり重みであろう。六千対二十万という比率でアメリカの方がもっと残虐な国であったと言える。

そして愚《おろ》かな広島《ひろしま》の市民の代表は、アメリカに代わって「安らかに眠って下さい　過ちは繰返しませぬから」などと碑文《ひぶん》に彫《ほ》りつけた。彼らは誰の代わりにそのような言葉を選んだのか。その言葉については、私はもう過去に何度か書いているが、日本語として主語が全く違うではないか。その前にも後にもアメリカは、一度たりとも「二度と過ちを繰り返さない」とは言っていないのである。

我々はアメリカの代わりに謝ったり断言したりする何の権限も親切も持ち合わさない。

「沈船検死」

この数か月の間に読んだシンガポールの新聞で、私が一番日本との相違を感じて忘れられないのは、一人のかわいらしい女の子の写真が大きく出たことである。

記事をざっと読んだ記憶では、この子の父は、離婚していた母を殺したのである。しかもハイティーンの殺し屋を使っての犯行であった。記事には、まだ幼くて事件の全貌《ぜんぼう》を理解できない少女の実名が明記され、あどけない写真も大きく出ていて、「涙を誘う」ようになっている。

彼女は、母と同時に父をも失ったことになる。シンガポールでは麻薬の密売に関与すると死刑ということになっているから、多分他の理由でも死刑があるだろうが、死刑でなくても終身刑に近い重い判決が下されるとすれば、この四、五歳の少女が成長するまでに、父が彼女の生活に戻《もど》って来ることはほとんどあり得ないのである。

日本のマスコミなら、この少女の実名や写真などは絶対に出さないだろう。しかし人間の世界には、そうした事実が紛《まぎ》れもなくあったのだ。そしてその無残さを人々に知らせるには、その何も知らないあどけない少女が、名前も顔もある重い存在として、読者に知られる必要があるだろうと私は思う。

或《ある》いはまた、この少女が、誰かの養女になって愛されて生きて行くことができれば、彼女の生涯にも明るい光がさしてくる。そのような人を探すにも、少女の顔を見せることは必要なのかもしれない。

写真も名前もなければ、このような二重の悲劇の陰に一人の幼い女の子が残された、といくら記事を書いても、読者にはほとんどその実感が伝わらない。私たちの心も痛まない。残酷な場面の写真や、被害者の写真も年齢も所在も、すべて人権を配慮しての自粛《じしゆく》という形で出なくなってから、日本人はこの世に無残ということがあることも忘れかけたのである。

「人はなぜ戦いに行くのか」

報復は報復を呼ぶからいけない、というような言葉ほど体裁《ていさい》のいいものはない。その悪循環の根をもしこちらが断ち切ろうとする場合には、どういうことになるかということに関しては、二人共言及していない。報復を止《や》める、ということは、自分が殺されることを承認することなのだ。或《あ》いはキリスト者たちのように「裁きは神に任せる」ことにして、今後いかに破壊的行為が続いてその結果再び（自分や自分の家族をも含む）無関係な人々の血が流されようとも、報《むく》いは来世まで先送りにすることを承認する、ということなのである。そこまで突き詰めて考えずに「報復はいけない」というのは無責任もいいところだ。

「沈船検死」

日本の暮らしの中で、穏やかなもの、健《すこ》やかなもの、清潔なもの、豊かなもの、美的なもの、道理の通っているもの、優しい配慮に包まれているもの、すべてをこの世にありうべからざるほどのうたかたの夢と思う癖《くせ》は、別にアフリカに行かなくても、ここ数年ずっと私の中で続いている現実稀薄《きはく》症という病気だが、帰国してしばらくはやはり症状が強く出る。

木々や花などの自然が精巧で美しい。外を歩いても襲《おそ》われる心配があまりない。食材が複雑。食器が楽しい。皆まともな一夫一婦《いっぷいっぷ》の暮らし。日本人が笑い出しそうなことが私にはありがたい状況だ。

「私日記3　人生の雑事すべて取り揃え」

6

図《はか》らずも心が救われるとき

予測不可能、だから人生はすばらしい

戦争の時も、私は自分が死にたいのでもないのに、明日まで生きていられないかもしれない運命に直面させられた。私は生きていたい、とそれだけを思った。私自身の努力で爆弾の直撃を避ける方法など全《まった》くなかった。それ以来、私はこの世に「安心して暮らせる」状態などないこと、生きることは運と努力の相乗作用の結果であること、従って人生に予測などということは全く不可能であること、しかしそれ故《ゆえ》に人生は驚《おど》きに満ち、生き続けていれば、びっくりすることおもしろいことだらけだと、謙虚に容認できるようになった。

「ワンダフル」という英語は通常「すばらしい」と訳するが、それは「フル・オブ・ワンダー」＝「驚きに満ちている」という意味で、つまり「びっくりした」ということだ。生きていれば必ず、その人の予測もしなかったことが起こる。英語を話す人たちは、予定通りになることをすばらしい、と感じずに、予想外だっ

たことをすばらしい、と感じたのだ。

「「受ける」より「与える」ほうが幸いである」

島田かずは、子供の家にいる時は、もっとしょぼくれて、とっくの昔に、恋愛的な気分なんか、無縁という感じになっていたのではないかと思う。体も今より、ぎくしゃくしていて、立《たち》居《い》振舞《ふるまい》もおぼつかなく、自分のことさえ、他人にしてもらいたいような気分の老人だったと思う。それが「しょうこなし」にではあろうが、自分で生きる場所を得ようとすると、おまけみたいに、老いらくの恋がついて来てしまった。

それは、島田かずにしても信じ難《がた》い結果だったろう。ここへ来る時、島田かずは、もっと暗い未来を想定していた筈《はず》である。この年になって、働きに出なければならないとは、何という不幸なことだろう、と考えた瞬間がなかったとは言えまい。しかし、それは思わぬ結末に導かれた。

「木枯しの庭」

「司教は食べ物を少しやって言ったんだ。『これだけしかあげられなくて済まないね。でもどうせ、あなたたちも殺されるだろうから』って」

「相手は何と言いました？」

「相手は、かなりの年の老人だった。耳が遠かったのかな。司教の言葉の意味が全くわからないみたいだった」

「救いですね」

「そうだよ。救いはどこにでもあるもんだ」


「哀歌（下）」

まわりの雑音の対処法

私も自分の弱い性格をよく知っていた。体の具合が少し悪いだけで不当に自信を失い、希望はぐらつき、ひがみ、人の言辞《げんじ》を悪意と感じる。さしたる理由はなくても、言葉遣《づか》いにトゲを含《ふく》むようになる時もある。そういう時は他人に被害を及ぼさないように、蒲団《ふとん》をかぶって寝ていた方がいいのである。

私はまた、ものの見方が一夜で明るくも暗くもなることを体験した。一時私は病的に血圧が低くなることがあったから、そのせいもあるのだろう。落ち込んだり、絶望的になることがあったら、私は数日待ってみよう、と思うことができるようになった。人間の思いには、はっきりした外的理由がある場合もあるし、外的理由は昨日と全く変わらないのに、受け取り方が急に変わることもある。人間のかすかな生理の違《ちが》いが、外界を受け止める力や質に差を生じるのであろう。

「生活のただ中の神」

疲《つか》れると感じなくなるというのは、救いの一つの形である。

「哀歌（上）」

夫が家に帰ってくると女房が、隣りの洗濯物が落ちてきたの、うちの柿の木が外に出てて隣りの奥さんに悪口を言われたの、アパートの上の部屋で飼っちゃいけない犬がキャンキャン言ってうるさいの、いろいろな人生の雑音を聞かせる。それを、犬が鳴いたから上の部屋のやつを殺してやろうと思うよりは、ひそかに飼っているというのはどういうことかな、というふうにしみじみ思いめぐらせて倍の楽しみをする。もし自分がこっそり犬を飼うにはどうするだろうとか。私はそういうほうが絶対楽しいような気がするんです。

「人はみな「愛」を語る」

スール・ジュリアは訳しながらそこでちょっと笑った。日本でも落語家のディスク・ジョッキーが親しみの表れのように無礼な言い方をして、けっこう主婦たちに受けている。あれと同じである。

「ゴキブリはつぶすこった。殺虫剤も新聞も要《い》らねえよ。靴を履《は》いてるだろうが。靴で踏みつぶせ。何だってお前、裸足《はだし》か？　貧乏な野郎だな。だったらお前の靴並みの丈夫な足の裏で踏みつぶせ。奴らの油で、お前たちの足の裏はうっとりするほどきれいになること請け合いだ」

スール・ジュリアはそこでも笑う。春菜は微《かす》かな不愉快を感じたが、黙っていることにした。理由は何であれ、人が笑えるということは今の生活で大切であった。

「哀歌（上）」

「何もかも仕方がない」から始まること

「僕《ぼく》はね、こないだ、しみじみ考えたんです。親が死んだら悲しいだろうかって。そうしたら、あまり悲しくないような気がしました。それで僕は、おやじにも、おふくろにもそう言ったんです」

「そんなこと、言ったの？　気を悪くなさったでしょう」

「うちの両親はドライですからね。けっこう、けっこう、と言ってました。要するにあの二人は、僕がいつ孤児《こじ》になってもいいように、それを唯一《ゆいいつ》の目標に、昔《むかし》から育てて来たんです。だから僕は、御期待《ごきたい》にこたえて言うんです。世界中の人が原爆《げんばく》で死に絶えても、僕一人は生き残りたいですって」

「生き残ってどうするの？」

「まあ、できる限り楽しくやります。工夫《くふう》してね。石ころでゴルフの真似《まね》すると か、魚の死骸《しがい》を集めてシオカラを作るとか、イヴはいないけど楽園ごっこをするとか、せっかく町が壊《こわ》れたんだから新しい広大な都市計画を考えるとか」

五月さんはくすくす笑い出した。

「山本君は、本当に強いのね」

「仕方ないんですよ。何もかも仕方ないでしょう」

「敬一は冷《つめた》い子なの。その点、順二のほうが昔は悪いことばかりしてこまらせたけど、こないだは、初めて手紙の中に千円いれて来てね、お母さん、これで甘納豆でも買いなさいって言ってくれたのよ。それをね、敬一がとってしまったのよ。その千円は私のだって言ったのに」

俊子は海に目をそらせた。何と言うべきか俊子は知らなかった。千枝がそう言って涙ぐみでもしてくれれば、却《かえ》って俊子は言うべき言葉を思いついたのに、千枝はむしろ長男に対する怨《うら》みに燃えているようだった。それが千枝の生き甲斐《がい》かも知れない、と思うと俊子は変な気がした。

「わが恋の墓標〈金沢八景〉」

欠点をさらしさえすれば、不思議と友達はできる。他人は私の美点と同時に欠点に、好意を持ってくれる。たとえ私が無類の口べたでも、私の弱点をさらすことによって、相手は慰められるのである。それは向こうが優越感を持ったからなんじゃない、と言って怒る必要はない。それも又《また》、愛のひとつの示し方なのだ。そしてこの弱みをさらすことのよさは、弱点というものは、ひとに知られまいとしているからこそ、自分も不自由だし相手も困惑するのであって、それを、思い切ってさらしてしまったが最後、閉ざされていた場合に貯《たくわ》えられていた不毛のエネルギーのほとんどは雲散霧消《うんさんむしょう》してしまう。

「誰のために愛するか」

「今日はこんな、きれいな日でしょう。だから、嬉《うれ》しくなっちゃった」
「さし当り、どこへ行かれるんですか？」
「まだ、本当にわからないの。母の所へ行って一週間くらいはいるつもりだけど……。決《き》まったら、手紙出すわよ」

「僕は多分、あと三年はここにずっといますから、いつでも寄って下さい」

「ありがとう。私ね、昨日、不思議なことがあったの」

「何があったんです」

「せっかく、もらった家を出て行かなきゃならないんだから、私は、不運を歎《なげ》いてもいいのに、昨日ね、私はとってもおかしな、楽しい気分になって来たの。これから、何が起《お》るかわからないぞ、っていうような感じね。もちろん、不安もあるのよ。だけど、今までの生活が壊《こわ》れたからこそ、これから、何か起るかも知れないのよね」

「本当にそうです」

「そういう訳で、私は今、とっても、元気なのよ」

「太郎物語〈大学編〉」

一つの喜びに到達するまでの道のり

本当にこのごろ私はこの世に自分と違う性格や才能の人がいてくださるのは、なんというすばらしいことだろうと思うようになりました。私のようにいっぱし文句をつける癖に、最後のところへ来ると「どっちへ転んでもいいや」と思うような人間ばかりいたら、世の中は少しも進んで行きません。この際、どうしてもこのことを成し遂《と》げるのだという執念《しゅうねん》を持っていらっしゃる方の開拓された結果を、私たちは享受《きょうじゅ》させて頂いているのです。ですから私が時々はしたなく悪口をいう方にも、実は心の中では、深い感謝を持っているということは本当です。そのようなことがわかるようになるまで、やはりかなり長い人生の時間がかかったということです。

「旅立ちの朝に」

人間を一番深くその人と結びつけるのは、その人が自分を正当に理解して評価してくれるっていう時。なんとなくその人を好きになる。見えすいたお世辞を言われると腹が立つけれども、ほかの人が見ないようなことをその人が見つけてくれたという時、好きになるんだと思う。

「人はみな「愛」を語る」

六十代半ばに足を折った時、私は年の割にはよく回復したと自慢していたのだが、やはり足首は以前より固くなっていた。骨を繋《つな》ぐために打ち込んだ釘《くぎ》を抜く二度目の手術の傷が治った後、私は舗《ほ》装《そう》道路の上は気楽に足早で歩けたのだが、凸凹《でこぼこ》の多い地面や斜面を上り下りするのは恐ろしく下手《へた》になっていた。私の全意識を足首にかけても、うまくブレーキの役に立たないのである。

私は前々から畑仕事をするのが好きだったので、約十ヵ月も療養《りょうよう》生活を続けた後、長靴をはいて小さな畑に下り立った時の嬉しさはたとえようもなかった。

しかし私の固くなっていた足首は、頑強《がんきょう》に私の意志に抵抗した。地面の傾斜というものは、一足ごとに違うから、足首はそれに応じなければならないのに、それがやたらに痛いか力が抜けているかのどちらかであった。

足のリハビリには、何より畑仕事がいいのだ、とわかったのはその時である。一歩一歩に、私の足首は違った角度で違った硬さの大地に対応しなければならない。リクライニング・チェアを後ろに倒す時、あれはなかなかよくできた装置だと感心していたが、人間の足首の機能は、それよりはるかに滑《なめ》らかにできているのである。

しかし足を折った後に畑仕事をするまで、私は自分の足首の機能のことなどほとんど感じることがなかったのである。足首が私の作家的な仕事にとって欠くことのできない取材に必要な歩行を自由にし、私が農家の人たちの働きに大きな尊敬を持つ実感の基本となる畑仕事を可能にしてくれているなどということを、私は意識することもなかった。一つの喜びに到達するまでには、私の体のあらゆる機能がそれに参加し、無言のうちに協力してくれているとは、普通は思い出しもしない。

「生活のただ中の神」

私は学校で習ったんですけど、愛というのは、みつめあうことではない。同じ未来を見ることだ、というんですね。

そう考えると、一見とるに足らないときどきの思い出というのは過去形ではありますが、一種の未来なんですね。あれはどういうものだったのかなあ、なんで感動したのかなあと。なんで女房はあの時に立ち止まったのかなあ、なんで夫はあれを見た時に非常に楽しそうだったのかな、と思うようなことは、その意味がまだわからないという点において共通の未来なんです。それを持つということは、一種の豊かさなんですね。

「人はみな「愛」を語る」

努力せずに贈られたものとは

その夜、春菜は自室で日本へ手紙を書いていた。母に一通、同級生で手紙をくれた人に対する返事が一通である。同級生たちは春菜から手紙が来ると、ファックスで送ったり、コピーを取って郵送してくれているらしいので、手紙はつい一人に宛《あ》てた返事というより、長い報告書のような形になるのであった。

その途中に停電した。やれやれという感じで春菜は中国製の石油ランプに灯《とも》を灯した。来たばかりの頃《ころ》は、いくら教えられても扱いが下手《へた》で、消す時にかならず熱いホヤに触って火傷《やけど》ばかりしていたものだったが、今ではすっかり馴《な》れていた。微《かす》かな石油の匂《にお》いの中で、春菜はついでにシャワーを浴びに行くことにした。どうせ本も読めず書き物もできないとすれば、その間にシャワーを浴びに行く方がいいと考えるのは、まことに日本人的な時間の観念だった。

停電は始終《しじゅう》だから、ランプを提《さ》げて浴室に行くのも馴《な》れている。五室並んだシャワー室には誰もいないらしく水音もしなかった。一番端《はし》のシャワー室だけは戸外に向けた小さな窓がある。春菜はいつも空《あ》いていさえすればその部屋を使うことにしていた。夜だとその小窓から、切り取ったような夜空が星を散らしているのが見えた。殊《こと》に停電の夜は、その小さな楽しみは鮮明に見えた。

「哀歌（上）」

7 傷ついた人にしかわからないことがある

一生に受ける不幸の量、幸福の量

私には少女の頃《ころ》から、ある迷信のようなものがあるのだった。それは、「しあわせだと怖い」のであった。

子供の頃、食糧や衣類が配給制度だった故《ゆえ》か、私はいつの間にか、人間が一生に受ける不幸と幸福の量は、誰も同じに違いない、と思い始めてしまったのであった。

だから、私は幸福な瞬間にも、これは極《きわ》めて、異常な、長続きのしない状態なのだぞ、と思う癖《くせ》がついている。半信半疑になり、手放しで喜ぶことをやめて、私は幸福の手持ちを卑怯《ひきょう》にも少しでも食いのばそうとするのだ。これも考えてみれば配給時代に米を雑炊《ぞうすい》にして食いのばすのと同じやり方ではないか。そのかわり、不幸だという実感を持ったときには、苦しみながら、心の中でどこかその感情を歓待している節《ふし》があった。その程度の苦しみなら、むしろ十分に受けとめて、一生に味わわなければならない不幸の絶対量のノルマをできるだけ果し、他の種類の不幸感を苦しまないで済めば、と希《ねが》うのだった。

「続　誰のために愛するか」

誠実は心の清潔である

誠実とはいかなるものか。ひとが見ていても見ていなくても、ちゃんとやることだ。誠実は、心の清潔である。

私から見ると少々ヒッピーみたいな青年がいた。私から見ると彼とはまことにお似合いの、これ又《また》いかれた女の子を連れていた。二人は当然、結婚しそうに見えていたが、彼は彼女をふったのである。

「どうして、やめたんですか」

と私は尋《たず》ねた。

「いろいろと、いい子だったんですがね」

彼は二人がもう肉体関係もあることを匂《にお》わせた。

「実はある晩、暗いところへ車をとめて、二人で海へおりてって、そこでソフトクリームを買ったんですよ。それで車の中へ戻ってなめてたんだ。ところが、彼女はなめかけのクリームをぽっと窓の外へほったんです。そしたら、その汁が僕の胸にかかりましてね、風の強い日だったから。そうしたら、何か突然、ひどく興ざめな気がしちゃったんです」

若い人たちの話をあまりわかるような顔をするとバカにされるから、私はつとめて何のことか、という表情をしていたが、彼らの恋の残骸《ざんがい》が道端にぶち撒《ま》かれているようで、その不潔ったらしさは本当はよくわかるのである。

「誰のために愛するか」

自分の中の「幼稚性」に気づく

勉強を始めたりするとまだ続くか続かないかわからないうちにすぐ投書などして「自分はこういう勉強を始めた」という宣伝をする老人がいるが、これは私からみると、いささか幼稚に思えてならない。勉強というものは、黙って始めて、黙って続け、ある日、零《こぼ》れるようにその成果が出て来るべきものである。幼稚ということは、何より老年にふさわしくない。幼稚になることはやはり老化の兆《きざ》しである。

「完本　戒老録」

私は今でもたくさんの社交的なメールが来たら、それにどうして返事をするのかよくわからない。おざなりの同文で返事をすれば、相手は決して満足しないだろうし、いちいち心をこめた返事を書いていたら、それだけで人生は終わりになる。メールが人との交際を広めるというのも果して真実なのだろうか。顔もものの考え方も知らない人と、仲よくできる人もいるだろうが、できない人もいる。知らない相手とでもすぐ仲良くなることがいいとする人と、知らない相手とは仲良くなる方がヘンだ、と言う人とは、どちらが正しいか正しくないかの問題ではない。どちらにも理屈があって、一朝一夕には決められないことである。殊《こと》にインターネットは右肩上がりならぬ人間関係の拡大賛美型の思考に凝《こ》り固まっていて、皆と仲良くすることがいいのだ、と最初から想定している。しかし、人間の中には孤独を求める大切な志向もあることはほとんどその認識の中に入れていない。

「沈船検死」

「だから、蛇《へび》のように賢く、鳩《はと》のように素直になりなさい」

と聖書は教える。ここには、義理、人情、浪花節などでとうてい処理しきれるものではない、強靭《きょうじん》で複雑な人間性と理論が隠されている。人は時には嘘《うそ》もつき、騙《だま》しもし、金儲《かねもう》けをしようと企《たくら》み、それらが高じれば殺人も犯す、かもしれない。だから聖書はただ明るい、親切な、いい人になれ、などとは決して教えないのである。複雑な賢さと、透明な素直さを同時に合わせ持つ重層的精神構造の人間になりなさい、と命じる。

「アメリカの論理　イラクの論理」

羞恥《しゅうち》の美学を知ること

昔は、口が腐っても自分の美点など売り込《こ》まないのが、日本人というものだった。せいぜいで「自分は頭はよくありませんが、健康であります。したがって苦労に耐《た》えられます」というくらいがセールス・ポイントであった。しかし今の人たちは、割と平気で自分の美点を長広舌《ちょうこうぜつ》で陳《の》べる。実に聞き苦しい。羞恥心のない人物なんて、ほんとうに嫌だな、と思う。

「ただ一人の個性を創るために」

人間の羞恥というものは、自分とは異《こと》なった他人の存在を認めているという証拠《しょうこ》で、そこには、潜在《せんざい》的に価値の混乱があるということを承認しているからこそ、自分の判断に自信が持てなくてはにかむのである。しかしこのはにかみというのは大変大切なもので、逆に自分の決定に、疑いもなければ、不安も覚えない、という荒《あら》っぽい独善的な人間は決してはにかむことがない。

人間らしさの一つの表われには、そのようにして無限に迷《まよ》うことが含《ふく》まれると思うのだが、そうそう迷っていては結局何もできないから、「エイッ」と気合をかけて、自分の好きなやり方を取るのである。只《ただ》、必ずしも、その決定が最善と思っているのではない、という印《しるし》に、太郎の場合は、どこか破れ目をつくっておく。カウボーイ風のテンガロン・ハットに、村会議員の扇子パタパタというポーズは、いただけないことは、わかっているが、つまりこの様《よう》にして自分を信じていませんよ、と意思表示することは、それも、れっきとした他人への尊敬と、慎《つつ》ましさの表われなのである。

「太郎物語〈高校編〉」

「マタイによる福音書」の6章1節以下を、しみじみと改めて意識したのは、もう中年に近くなってからだったと思うが、その一部は高校生の頃から、私の生き方の規範として浸透していた。こんなにも微妙に、人間の生き方の折り目正しい美しさが聖書に描かれていたのかと、私は驚いたのである。

「見てもらおうとして、人の前で善行をしないように注意しなさい。さもないと、あなたがたの天の父のもとで報いをいただけないことになる。だから、あなたは施《ほどこ》しをするときには、偽善者たちが人からほめられようと会堂や街角です

るように、自分の前でラッパを吹き鳴らしてはならない。」（6・1―2）

聖書に描かれている風景は、決して当時のユダヤにだけあった特異な光景ではない。いつの時代にでも、自分の善行を吹聴《ふいちょう》しようとして、それとなく目立つように行動する人はいくらでもいる。考えてみると、いいことをしているのだから、それを人に知ってもらおうとしてもそれは別に悪ではない。しかし自己宣伝をすると、どこかで美しいものの香気が失われるような気がするのも本当である。

「生活のただ中の神」

後年、私は、中近東やアフリカの多くの土地を旅した。エジプトでは或《あ》る時、若い日本の考古学者たちが合宿をしている場所に行き合わせたこともあった。男性ばかりだったので、私は気軽に「何かお夕食に、日本料理みたいなものを作りましょう。親子丼はどうですか」と、言った。

鶏肉はいささかのお金さえ出せば、世界中で手に入る。鶏がいれば卵もまあ手に入る。そして玉ねぎも保存のきく野菜として、キャベツを欲しがるよりずっと買いやすいものだった。

料理のできないコックの少年は、まず長い時間をかけて米の中の石を択《よ》っていた。米と同じ色、米と同じようなサイズの石の混じった米を売っている国はけっこうある。米から石を択ることとは、毎日、かなり手間のかかる仕事であった。

米に混じった石が択り終えられる頃、家の外で急に慌《あわ》ただしい鶏の声がした。「そうだ、そうだったんだ」と私はやっと思いついた。それは親子丼になるために殺される鶏の悲鳴であった。もっともその鳴き声はすぐにやんだ。そして薄暮《はくぼ》の中でもう一人の料理人の男が、湯につけた鶏の羽を手際よくむしっていた。

親子丼を作る時、私の考える鶏肉は既《すで》に死んだ鶏であった。だから私は気軽に親子丼を作ることを考えた。しかし、この過程を経《へ》ることが、本当の親子丼の作り方だったのだ。

小学生の時、修道院の裏庭にスープを取った後の牛骨の山を見つけたことは、何という貴重な体験だったのだろう。私はそこから歩き始めて広大な遊牧民の世界、一神教の世界を学んだ。愛と死を同時に見据える眼《め》は、魚だけ食べている生活では、決して養われなかっただろう。
激しさと優しさは、善悪で分けるものではない。それはただ、存在の姿の違いであることを、私は学んだのである。

「「受ける」より「与える」ほうが幸いである」

もし、地方と都会と、それぞれの土地に育った人間の一般《いっぱん》的な性格の上に違《ちが》いがあるとすれば、それは、苦悩《くのう》の処理法についてではないか、と太郎は思うことがあった。
都会人は軽薄《けいはく》だという。それは、苦悩を苦しんで見せることを、潔《いさぎよ》しとしないからだ。苦しみがないことはない。しかし、都会人はそれを何とかして、別の表現にすりかえようとする。

髪《かみ》をかきむしり、哲学書《てつがくしょ》を読み、にこりともせず議論をし、苦悩にうちひしがれている様子を見せるよりは、じっと耐《た》え、さりげなく考え、できたら笑いに紛《まぎ》らわせるという形で昇華《しょうか》しようとする。

笑っているからといって、苦しみがない訳《わけ》ではない。むしろ、もっと厳しい自己抑制《よくせい》や、自己との戦いがある。それを只《ただ》、ナマな形で人の眼にふれさせないだけだ。人目にもわかるように苦悩することこそ、甘《あま》えだと思う。

「太郎物語〈高校編〉」

自分らしくいる。自分でいる。自分を静かに保つ。自分を隠さない。自分でいることに力まない。自分をやたらに誇りもしない。同時に自分だけが被害者のように憐《あわ》れみも貶《おとし》めもしない。自分だけが大事と思わない癖をつける。自分を人と比べない。これらはすべて精神の姿勢のいい人の特徴である。

「ただ一人の個性を創るために」

果たすべき役割を知る人

人は誰にもやらなければならないことがある。最近はしたいことしかしない、それが自由だ、とうそぶいている若者たちが増えているというが、それは世間を知らない子供の判断である。

「したいことをするのが自由ではない。人間としてすべきことをするのが自由なのです」

と以前一人のインド人の神父がはっきりと言ったことがある。

しかもすべきことを、気張ってやるのではなく、普通にさりげなくする、というのが、私は好きである。すべきことをしただけでそれを吹聴したり、いちいち褒《ほ》められることを期待するのは、幼稚というものだ。私もどんなことでも普通にする人間でいたい。

すべきことをした人に外部の者は深い感謝を忘れず、一方すべきことをした人は「なあに当然のことです」と淡々としている、という姿は、この上なく端正で美しい。こういう人間関係が社会に行き渡ったら、多分平和で骨格の正しい国家ができるのである。

「社長の顔が見たい」

彼女は本能で知っていた。愛の本質は、相手が望んで決定したことを支持することだということである。その中で自分の存在が役に立つと思えばそこにいるが、相手にとって自分がいない方がいいと考えれば、去って行くのである。

昔はそれを「身を引く」という極《きわ》めて日本的な表現で表した。身を引くことは辛《つら》いことであった。人間は誰でも愛する人と一緒にいたい。しかし自分はどんなに辛くても、愛する人が現世で生きるべき道を全《まっと》うするなら、それは悲しくても、どこかで満たされているのである。

今や日本中、いや世界中、人権の名のもとに身勝手、自己中心が潮流になった。自分が悲しみを引き受けて、相手の幸福を願うなどということは、人権の無視、平等の精神の欠如だということになったのである。しかしそんな単純なものではない。こうした隠れたよいことは、隠れたところにあって隠れたものを見ておられる神に、確実に見守られているのである。

「生活のただ中の神」

当たり前の偉大さとは

世間では大きな働きをしながら、家の者を幸福にしなかった人は多いですね。それは人間の存在の価値というのは、たとえば、一つの会社を大きくして、製品を世界に売りまくって、その製品によって世界の人が幸福になった、ということも一つの仕事だけれども、私は同じように、家の中に住む一人の妻と何人かの子どもを幸せにしたということも偉大なことだと思うんですね。それは比べようのない偉大さであって、両方やれた人というのは必ずしも多くないと思います。

「人はみな「愛」を語る」

昨日、猫のボタが死んだ。享年二十四歳か五歳。

秘書に頭を撫《な》でられながら、大きな息を一つしてそのままだった、という。考えてみると、普通の猫の倍、いやもしかすると三倍も生きた。最期もほとんど病まなかった。前日獣医さんに行って、注射をしてもらった時には、「この猫は丈夫だから、まだ生きますよ」と言われたばかりだった。入院もせず、うちで息を引き取ったことが私は嬉《うれ》しかった。私の母、夫の両親も皆うちで最期を迎えた。それはなぜか明るい記憶だ。

毎朝、私たち夫婦が食事をしていると、このボタは「私の分の御飯はいつ?」と言わんばかりに私の足に体をすりつけた。私が料理係だということをちゃんと知っていた。私は鶏肉は湯引きをしてやるし、なまりは魚焼きの網で表面を少し焼いてやる。そうすると香ばしくなるのである。それでも私は八時近くまではポタに御飯を待たせた。待つということ、心から餌《えさ》を求める、ということが心と体の健康の秘訣《ひけつ》だと信じていたからである。

「私日記3　人生の雑事すべて取り揃え」

憎むことを知らないと愛もわからない

「私は大《たい》ていの人を許して来たと思います。心で許さなくても、少なくとも態度の上では許してきました。許す、という言葉はちょっとはばかられますがね。お許しになれるのは、本当は神さまだけかもしれませんからね。そうだ、好き嫌いと言っておこうか。つまり嫌いでも、好きなような顔をしてきたです」

「それは立派なことでしょう」

「しかし、後がいけません。嫌わなかった代《かわ》りに、私は誰をも本当に好きませんでしたな。妻はもちろん、ひょっとすると私は……」

田付はその先を言わなかった。

「婚約式〈愛の証明〉」

聖書の中に出てくる「汝《なんじ》の敵を愛せよ」という言葉の苦しい命令の真意を知った時ほど、私が聖書に惹《ひ》かれたことはありません。私は聖書を少し本格的に勉強するまで、それは個人の心の持ちようを諭《さと》したものだと、極《きわ》めて散文的に解釈していたのです。つまり私のような狭量《きょうりょう》な人間には、とうてい自分が憎んでいる者を許すことはできないけれど、世の中にはよく優しい、忍耐強い方というのがいらっしゃいますから、そういう方は私がいつまでも恨《うら》みがましく思っていることを、素早く心の中で整理して、すぐ温かい気持を取り戻《もど》される。そういうふうになれということなのだと初めは解釈していたのです。

私はそこにいささか虚偽的なものを感じました。私は昔から本当に疑い深い性

格で、ことに美談には反射的に用心するというういやらしいたちでした。だから相手もあろうに敵を許すなどという話を聞くと、

「まぁ、そういう偉い方はそちらで適当にやってください」

というような感じになったものです。しかし敵を愛する愛は心からでないのが当たり前で、つまりそれはもっとはっきり言えば、憎んだままでいいから愛しているのと同じ行為をしろということだと知った時、私は本当に心から納得したのです。うまく行きそうにはありませんがやってみましょう、と私は思いました。キリスト教というのは「苦労人」だなぁ、それなら付き合っていけるなぁ、と私は思ったのです。

「旅立ちの朝に」

「すべて存在するものは、よきものである」

トマス・アクィナスの「すべて存在するものは、よきものである」という言葉を知って私が衝撃を受けたのは、私がもう若いとは言えなくなってからなのだが、それはそれまで私の心の中で、もやもやした状態で残っていたものが一挙に明快になったからであった。今の私くらいの年になれば、すべて存在するものの持つ任務と意味がわかっている。それはどれも単純ではない。病気と戦争は、明らかによくないものだが、その中でさえ、見事な人生を見たり悟《さと》ったりした人は決して皆無ではなかったのだ。だからと言って、誰も病気や戦争を奨励する人はいない。

しかし世間はもっと近回りの人生を期待する。よきものでなければ存在を許さないようにしろ、と言い、今でも悪いことをするとひどい目に遭《あ》うような「勧善《かんぜん》懲悪《ちょうあく》」の世界を期待したりする。確かにこの世で悪人が栄えない方がいいだろう。しかし行った善行の量と同じだけ人が栄え、犯した悪行の量と同じ程度に現世で罰が加えられるとしたら、人はいい目を見るためにだけ善行をする。それはもはや商業の世界だ。人間は幸福を買う手段として善行を行うようになる。

神はそのおぞましさを避けるようにしてくださった。現世では完全に辻褄《つじつま》を合わせて報いられることがなくてもなお、善行をするという自主性と、その誇りと、その栄光を人間に許してくださったのである。

「生活のただ中の神」

人から嫌われた場合、その人の視野から消えてあげるのが、一番穏やかな方法なのである。

「社長の顔が見たい」

「（中略）負け惜しみになりますけど、天使は写らないし、写しちゃいけないものなんですよ。僕は天使を写して周りをあっと言わせるより、写らない天使の存在を信じるほうが楽しいですね」

斎木の表情には、ほんとうにそう思っているらしい穏やかなものがあった。そういえば昔のユダヤ人は神を見ると死ぬと言って恐れていたというから、それは時代や民族を超えて、誰にでもある、或る本能的な恐怖なのかもしれない。

「一枚の写真」

8

生きることの厳しさを教えられる親になるために

語るに値する人生の「重荷」を持つ

人生で重荷は必ずついて廻《まわ》る。貧困、政変、病気、親との死別、事故などに遇《あ》っても、国家的・社会的な救済機関のない国はいくらでもある。

人生で一度も骨折や打ち身をしなかった人もないだろう。一度も詐欺師《さぎし》まがいの人に声をかけられたことのない人もないだろう。一度も盗みに遇わなかった人も珍しいに違いない。人は皆、語るに値する武勇談、お涙頂戴《ちょうだい》の苦労話、「おっかなかった話」「危機一髪物語」を持つのが普通なのだ。

私の母が私を道連れに自殺しようとしたのは、私が小学校高学年の時である。私は今でも母が死のうとした理由を正確には言えない。母といえども他人である。しかし母が死ぬほど結婚生活がいやだったということだけは確かであった。

今の私は態度が悪いから、死なたくても、さっさと離婚すればよかったのに、などと思う。父が意地悪をして、離婚すると言えば母に一円のお金もくれない。母は食べられないからガマンして結婚生活を続けていたのだ、といくら説明しても、今の人は「スーパーでバイトしたら？」「生活保護があるじゃないの」と言う。スーパーも生活保護も当時はなかったのである。もっとも当時はあって今はないものに乞食《こじき》という生き方があった。橋の上や駅の構内に座って、罐詰《かんづめ》の空き缶に小銭を恵んでもらう人たちである。

私のほうが明らかに母より強いと思うのは、私は母と違って乞食ができる。母はそんなことをするより死んだほうがましだと思ったのに対して、私はそれを途方もない異常なこととか、みじめなこととか考えないだろう、と思える。

母が自殺を思い留《とど》まったのは、私が泣いて「生きていたい」と言ったからである。母は本気で死ぬつもりだったのかどうかもわからない。本気なら、その時までに、刃物で私を刺していたろうとも思うからだ。

私は大きくなってからもずっと、自殺の道連れになりそうになった体験など、すべての人にあるのだろうと思いこんでいた。そんな経験がない人が多いのに驚《おどろ》いたというのが、私の愚《おろ》かさで、今では笑いの種である。

今日の結論は、教育的に見て、私の両親はいい人たちだったということだ。私に生きることは厳しくて辛《つら》いことだと心底教えてくれたからだ。今日では、そんないい教育はほとんどの人が受けられない。

「ただ一人の個性を創るために」

親が子の最大の手本となるとき

「でもこの間、彼女は言ってたよ。今、自分が修道院で、人のために暮らしていられるのは、アル中の継父がいたからだ、って思ったら、そのお父さんに感謝しなければならない、と感じ出したんだって」

「私だったらとてもそうはいかないわ」

春菜は呟《つぶや》いた。

スール・セラフィーヌは自分を拒否した白人の父を許した。スール・アナタリーは、自分を犯したアル中の継父の存在のおかげで、今の自分がある、と思おうとしている。どちらも辛い選択だが、二人とも確実に父を超えた人間になった。

「哀歌（下）」

「自殺でも考えていられるんですか？」

太郎はさらりと言い、病人の眼《め》が一瞬《いっしゅん》きらりと光った。

「そう思うこともありますよ」

「おじさん、僕は、自分の両親に、一つだけ感謝してることあるんです」

「何です？」

「それは、あの二人が、自殺だけはしなさそうだ、ということなんです」

五月氏は声にはならず頷《うなず》いた。

「とにかく一生、耐《た》えて生き抜いた、ということが、親が子供に見せてくれる最大の手本でしょう。僕、心理学の本も少し読むんです」

「ほう」

「もっとも生齧《なまかじ》りですから、少し解釈違うかも知れませんけど。それによると、自殺は伝染するんです。親が自殺すると、子供も、何か困難に出会うとすぐ、『ああ、お父さんやお母さんみたいに死んじまえばいいんだ』って思うようになるんですって。ですから、僕は或《あ》る時両親に頼んだんです」

「何て？」

「お願いですから、自殺だけはしないで下さいって。第一、僕、迷信《めいしん》深いですからね。あの二人にうっかり死なれたら、もうその家に気持悪くて住めないです。ほんとお化《ば》け出そうで。家を壊《こわ》しても、そのあとに、どろどろ出そうでしょう。ほんとにはた迷惑《めいわく》ですよ。

第一、自殺なんて芝居《しばい》がかってて、みっともないからなあ。きれいな女優さんか何かが死んでるんなら、おまわりさんも喜んで見にとんで来るでしょうけど、うちのおやじが、毛脛《けずね》出して、ガニ股《また》になってひっくり返ってたって、皆、うんざりするだけですよ」

「なるほど、それはそうだ」

「太郎物語〈高校編〉」

おもしろいことに教育というものは、あらゆるものから学ぶ、ということなのである。ただし例外は、子供に迎合《げいごう》する甘い親で、そういう親からはほとんど何も学ばないだけでなく、子供自身がむしろ自己崩壊を起こすということは、見ていても辛い。

それ以外の親からは子供はさまざまな形で学ぶ。ものわかりのいい親からも、身勝手な親からも、仕事一辺倒《いっぺんとう》の親からも、怠《なま》け者の親からも、大酒飲みの親からも、世事にうとい親からも、けちな親からも、冒険好きの親からも、政治の好きな親からも、ほとんどあらゆる親から学ぶ。もちろん学び方は一つ一つ違う。心から尊敬する場合もあれば、ああいう親父《おやじ》（母親）にだけはなりたくない、という形で学ぶこともある。これが反面教師といわれる形だが、世間にはこうしたケースが実に多い。しかし多くの子供は、反面教師だった親にも、心の中では感謝するものである。

唯一《ゆいいつ》の例外が、子供の言いなりになる親だが、こうした親からは子供はほとんど何も学ばない。つまり抵抗がない親は印象が薄いのである。

「ただ一人の個性を創るために」

ハチミツ入りや減塩の梅干、甘くないケーキなどはすべて最近の、いじましくて小狡《こずる》い世相や人間の態度を反映しているように私は思う。つまり社会の誰からも悪く言われたくないのだ。酸《す》っぱいということは一種の激烈さである。それが梅干の使命である。その力によって殺菌ができた。コレラも梅干があれば怖くない。しかし目的が明快なものは、一面で欠ける所が出てくる。それが怖くて特徴までなくそうとする。だから「地球に優しい」人や「部下に優しい」上役ばかり求められ、ついでに酸っぱくない「舌に優しい」梅干や、「高血圧でも食べられる減塩」梅干が出現する。

酸っぱさや塩辛《しおから》さが身にしみる商品があった時代には、人々は誠実で正直だった。ガミガミ親爺《おやじ》は自説を曲げず、自分の店の商品と質と伝統を一生かかって守り抜く頑固一途《がんこいちず》の商人がいた。誰にでも合うことを売りもののフリー・サイズの衣服は、つまり、誰の体型にも合わない、という鉄則があるように、誰にも食べられるようにした加工食品というものは、最初から誰も本当には好かない。

菓子は甘いから菓子なのだ。うまいという字は漢字になおすと、「美い、旨い、甘い」と三通りになる。甘くない菓子はうまくない。反対に一般の醬油《しょうゆ》は塩味が足りなくなった。約束違反という感じだ。

怖くない父親、も偽《にせ》ものの一つだろう。同様に全《まった》く料理をしない母親も、どこか怪しい感じがする。偽ものに囲まれていては、子供たちが人生の眼を養えるわけがないのである。

「なぜ人は恐ろしいことをするのか」

「憎《にく》み合っている親子というのも、世の中では意外と多いと思うのよ」

信子は太郎に「骨を拾いなさい」と命じただけで続けた。

「ただ、親子の間の憎しみっていうのは他人に対する憎しみみたいに単一じゃないから、それで苦しむのよ。でも、もし憎んでいるとしたらね、藤原君が。そしたらそういう親にはうんと感謝した方がいいと思うわ」

「どうして」

太郎が藤原に代《かわ》って尋《たず》ねた。

「だって、本当の憎しみを教えてやれる人なんて、人生にそうそういないの。そして愛によって教えられるのが一番いいんだけど、もしそれが不可能だったら、憎しみによっても、同じものを教わるのよ。そこがおもしろいところよ」

「太郎物語〈高校編〉」


しつけというものもすべて強制だ。子供はお辞儀の仕方から時候のあいさつまで、親に言われたことを意味もわからずに渋々その通りにする。歩くときは右側通行、電車に乗る時に切符を買うこと、食事の前に手を洗うこと、学校に入るのには入試という制度を経なければならないこと、すべてこれらの制度にはうんざりするような圧迫感がある。自発的に納得したのでもないが、仕方なく従うのである。

そのうちに、お辞儀が最も穏やかで簡潔な人間関係の基本だと理解し、日本では左側通行を守らねばひどい交通事故が起きることがわかる。雑菌の多い土地に行けば手を洗う方が病気にかからないで済む確率が高くなることを理解し、同じ程度の学力の学生が集まる方が効率のいい勉強ができることを認識するから、渋々入試制度を承認する。

すべての教育は、必ず強制から始まる。イヌを、イヌという言葉で覚えさせるのだって立派な強制だろう。私がイヌをワニと言いたい、と主張したら、意思の伝達は損《そこ》なわれ、学問の世界も混乱する。しかし異常事態でない限り、強制をいつまでも続ける必要はない。「幼い時」と「新しく或《あ》ることを始める時」強制の形で始まったことでも、やがて自我が選択して、納得して継続するか、拒否して止めるかに至る。

私はピアノを習わせられたがどうしても好きになれなくて中断し、小学校一年生から日曜毎に強制的に書かされた作文の練習は好みに合うようになって作家になった。

義務的に奉仕活動をさせられて、うんざりだ、まっぴらだ、という人は必ず出るのである。その時、その子供か青年は、自分がどのような仕事に就《つ》いて、どのような生涯を送ればいいかを明確に再発見できる。奉仕活動は「案外おもしろかった」という人は多いが、そのような人たちは、それをきっかけに、生涯、受けるだけでなく与えることのできる精神の大人に成長する。

人は、快い幸福な経験からも学び自己を発見するが、不快で不幸な体験からも人生を知るのである。もちろん不快で不幸な体験が役立つからといって、ことさら戦争や病気や体を壊《こわ》すほどの労役をさせようと思う人は誰もいない。

「『受ける』より『与える』ほうが幸いである」

教育の目的とするところ

状況を変えるということは、教育に関しては実に小さな要素でしかない。ある人間にとって、完全に勉強し易《やす》い状態を作るなどということはできないことだし、それはむしろ教育の目的とするところではない。教育はむしろ、どんなに勉強し難《がた》い状態でも勉強できるような人間を作ることにある。

「太郎物語〈大学編〉」

日本の戦後教育が果たさなかったものは、善か悪かではなく、多くの場合、善と悪がまじり合った不純な選択以外にあり得ないという大人の判断を養うことであった。現世に悪の要素がなくなることはない。もちろん善の気配が消えることもない。しかし善だけだったり、悪だけだったりするものもない。要はどこで妥協するか、ということなのだ。もちろんできるだけ、いい地点で折り合うことが望ましいのは言うまでもない。

いい大人までが、理想論でものを言う。それをほんとうは幼稚と言うのである。私たちは理想を目指す。しかし現実は決して理想通りになり切れないことを知っている。そこから、ためらいも、羞恥《しゅうち》も、寛大も、屈折も、悲しみも、許しも知った大人の感覚が生まれるのである。

教師は立場上、こうした不純で、それゆえにこそ成熟したふくよかなものの見方を教えにくい。しかし父や母なら教えられる。こうした話は、家庭という誤解を恐れる必要のない気楽な密室的な場で、食事の時や風呂《ふろ》の中で話すのに適した話題なのである。

「ただ一人の個性を創るために」

藤原の根源的な不幸は、何者にも立ち向えなかったことだ。マムシに噛《か》まれても、人間は死ぬことはない。うまく行けば軽くすみ、まずく行くと一週間苦しむだけだ。しかし、一週間後に立ちなおった時、その人間はマムシに勝ったという経歴をふやしたことになる。それは一見下らないことのようだが、男の子にとっては、かなり意味のある体験だ。

「太郎物語〈大学編〉」

「しかし基次は大学へ入っているのでね。そんなに働いていたら、学校をちゃんと出られるかな？　あなたの前でそういうのも何だが、あの子はとてもまともに入学出来なかったんで、私は随分《ずいぶん》金も使ったし、頭を下げてひとに頼んでまわったりもした。下らないことと言われればそれまでだが、そういう親の気持も汲《く》んでほしいな」

酒匂は自分の気持がうまく言い現わせないのでいらいらしていた。言えば言うほど、自分は計算だかさのためだけに文句をつけているような功利的な人間のように見えそうであった。そのくせ酒匂は相手が盲目であるということを、何と言って口にしたらいいのか、まるっきりわからないのだった。

「もっちゃんは言ってましたよ。うちの連中は、誰《だれ》一人自分のことを本当に理解してくれないって。もっちゃんは、昔から、何かというと兄さんを引きあいに出されていやあな目にばかり会って来たんですって。兄さんはお陽《ひ》さんで、自分は陰だという思いばかりして来たんだわ。小学校へ入るとすぐ、兄さんに宿題をしてもらうために、おべっかを使ったり何かしたの。勉強を見てもらうためには殴《なぐ》られるのも我慢したんですって。だから兄さんが凄《すご》く嫌《きら》いでこわかったけど、兄さんがいないと自分ではどうにもならなくなってたのね。試験場には兄さんの顔が見えないから、もう答案には何も書けないんですって」

酒匂は黙って娘の話をききながら、二人の子供たちが幼なかった頃《ころ》のことをしみじみと思い出していた。本当に、自分は、基次に親としての尽《つく》し方が足りなかったのではないだろうか、という悔悟《かいご》の念が酒匂の心に湧《わ》いた。察してはいたが、今まで只《ただ》の一度も基次の口からその不満をきいたこともないし、自分も忙しさにまぎれて、ついついあまり考えてやったこともないままに過《す》ご して来てしまった。子供が肉体的に育っていれば、それで安心と思い、あとはいい成績をとれ、いい学校へ入れ、ということだけを目標にして来た、その単純な目標のあやまりに対するお返しを一度に受けとったような感じである。

「二十一歳の父」

子供にとって何が「重荷」か

親は何をすればいいかと言われても、私は答えがわからない。いいことくらい、ここで私が改めて言わなくもわかっているだろう。

私はむしろ人為的に、こういう親になろうと思わないことにしている。ただ、子供に、弱い親であっても、一生懸命生きているという、姿をみせられればそれでいい。

その上で苦しみがあれば泣いている母、辛いことがあってもどうやら笑おうとしている母、お金が足りなくてヒステリーを起こしている母、お父さんの浮気に逆上した母、それらを自然に子供に見せることが一番のように思う。

そんなことを言うと、それじゃ母としての努力は何もしていないじゃないか、と言われるかも知れない。しかし、善《よ》きことを、美しきことを、和《なご》やかなことを願わぬ母はどこにいるだろう。もしそうでない母がいたら、それは病人だから、別の形で労《いたわ》らねばならないのだ。

そして強く、美しく、立派であろうとしてもなお失敗する母の姿そのものが、植物がみずからの朽葉《くちば》を肥料とするように、子供の人間を見る目の役に立つ。その誰にでもできそうなことを認めなかったら、誰が人の親になるなどという無謀なことを敢《あ》えてやるだろう。

私は中学の二年生のとき、終戦を迎えた。戦争は子供の私にさまざまなことを教えてくれた。女工さんの経験、地べたの上にねること、お菓子のないこと、人は何のために死なねばならないか、明日まで生きていられそうだという日がくるのはいつのことかと考えること……等々。

終戦がくると父母の持っていたささやかな預金も、全部その価値を失った。私は何もないところから出発できたのだ。何かを残してやることより、子供に重荷を与えない親の方が、どれだけ親切か知れない。

今でも親のために、自分は好きな人と結婚しないで親が望むような相手を選ぶ、という娘さんがいる。財界人の家庭などに多い。その多くは、親の望むような相手を自分もいいと思う娘さんたちだから悲劇ではないが、もし娘が本当に人生に対する好みを授かっていたら、これほど気の毒なことはない。

「誰のために愛するか」

「子供が育つ過程で、親にかける迷惑は邪気《じゃき》がないからいいけど、親が子供にかける迷惑は、根があっていけない。しかし、僕はいつも美幸に言っているんですよ。迷惑をかけないようにしようとは思っているけど、多分かけるだろう。かけられても諦《あきら》めろ、ってね。親がかけなきゃ誰《だれ》かが又《また》、迷惑かけに来る。同じことですよ」

「本当にそうですね。僕は兄が、心中未遂《みすい》をやって気がおかしくなってから、本当に何事にも驚《おどろ》かなくなりました。その意味では、兄に感謝しているんです」

「太郎物語〈大学編〉」

辛抱強く見守ること、待つこと

親が子にしてやれる最大のことは、子供に期待しないことかも知れない、と西田は思うことがあった。つきつめてみると、自分が死んだ後も、子供が経済的に不自由しないようにしなければならない、とか、立派に自分の仕事の後をついでほしい、とかいうような望み位、滑稽《こっけい》なものはないという説に西田は賛成だった。自分が死んでしまって、もはや、それによって心いたむことがなければ、子供が犯罪者になろうが、金に困ってのたれ死にをしようが、かまわない筈《はず》である。

「わが恋の墓標〈一日一善〉」

生きるためには、裏表が必要なのだ。対立する自分と他人が、両方共生き残るためには、知恵を働かせて妥協の道を考えるほかはない。脅しと駆け引きが、国際政治の常套《じょうとう》手段であるが、個人ともなればそれを超える慈悲を実行している人もたくさんいるし、敵対部族なら皆殺しにする、という情熱も立派に生き残っている。私たちは、そのどちらの道も自分で選ぶことができるのである。

戦後の「皆いい子」「皆平等」の教育は、とうていこれだけの種々雑多な情熱を理解するだけの人間性の厚みを作り得なかった。その意味でも教育は失敗したのである。『コリントの信徒への手紙　一』の手紙の残りの部分に触れれば、愛は「不義を喜ばず、真実を喜ぶ」ものだと続けている。この真実という言葉はギリシャ語のアレセイアで「正義・公正」と同義である。

しかしもっとも驚くべきは、結びの部分で人間に命じられた愛の四つの姿である。それは愛は「すべてを忍び、すべてを信じ、すべてを望み、すべてに耐える」ものだ、と規定していることだ。

「すべてを忍び」の忍びには、ステゲイという原語が使われている。これは、「覆《おお》いかぶさって守る」という意味の言葉だ。鞘堂《さやどう》を作るという発想はギリシャ人にもあったから、この言葉はまさに「鞘堂を作って、古い壊れそうな建物（実は人）を壊さないようにする」ことである。説教したり、責めたりして、相手を改変させることではない。愛は相手をそのまま受け入れることなのである。

しかしそれでも多くの場合、相手は変わらない。信じ、望み続けてもうまくいかないことがある。その場合の最後の砦《とりで》は、「耐える」こと、すなわちヒュポメネイである。ヒュポメネイは、重荷の下に留《とど》まることである。覆いかぶさって守ってもだめだったら、今度は下から支え続けろというのだ。

これだけの凄《すさ》まじい愛し方を、神は人間に要求した。ほんとうは裏表くらいで片づく精神力ではないのである。

「ただ一人の個性を創るために」

出典著作一覧（順不同）

【小説・フィクション】

哀歌（上）（毎日新聞社）
哀歌（下）（毎日新聞社）
一枚の写真（光文社文庫）
太郎物語〈高校編〉（新潮文庫）
太郎物語〈大学編〉（新潮文庫）
神の汚れた手（上）（文春文庫）
神の汚れた手（下）（文春文庫）
二十一歳の父（新潮文庫）
傷ついた葦（中公文庫）
木枯しの庭（新潮文庫）
遠来の客たち〈遠来の客たち〉（祥伝社文庫）
遠来の客たち〈火と夕陽〉（祥伝社文庫）
遠来の客たち〈鰊漁場の図〉（祥伝社文庫）
遠来の客たち〈牛骨〉（祥伝社文庫）
雪あかり〈雪あかり〉（講談社文庫）

雪あかり〈鸚哥とクリスマス〉（講談社文庫）
わが恋の墓標〈わが恋の墓標〉（新潮文庫）
わが恋の墓標〈海の見える芝生で〉（新潮文庫）
わが恋の墓標〈断崖〉（新潮文庫）
わが恋の墓標〈金沢八景〉（新潮文庫）
わが恋の墓標〈一日一善〉（新潮文庫）
夜の明ける前に〈死者の手袋〉（講談社文庫）
婚約式〈星形〉（新潮文庫）
婚約式〈愛の証明〉（新潮文庫）

【エッセイ・ノンフィクション】

「受ける」より「与える」ほうが幸いである（大和書房）
なぜ人は恐ろしいことをするのか（講談社）
人はなぜ戦いに行くのか（小学館）
ただ一人の個性を創るために（ＰＨＰ研究所）
誰のために愛するか（祥伝社）
続　誰のために愛するか（祥伝社）
人びとの中の私（海竜社）

アメリカの論理　イラクの論理（WAC）
私日記3　人生の雑事すべて取り揃え（海竜社）
社長の顔が見たい（河出書房新社）
沈船検死（新潮社）
完本　戒老録（祥伝社）
日本財団9年半の日々（徳間書店）
人はみな「愛」を語る（三浦朱門氏との共著／青春出版社）
旅立ちの朝に（アルフォンス・ゲーテン氏との共著／新潮文庫）
生活のただ中の神（海竜社）

本書『救心録　善人は、なぜまわりの人を不幸にするのか』は、
2007年3月、小社から単行本で刊行されたものを文庫化したものです。

一〇〇字書評

切り取り線

購買動機（新聞、雑誌名を記入するか、あるいは○をつけてください）

□（　　　　　　　　　　　　　）の広告を見て
□（　　　　　　　　　　　　　）の書評を見て
□ 知人のすすめで　　　　□ タイトルに惹かれて
□ カバーがよかったから　□ 内容が面白そうだから
□ 好きな作家だから　　　□ 好きな分野の本だから

●最近、最も感銘を受けた作品名をお書きください

●あなたのお好きな作家名をお書きください

●その他、ご要望がありましたらお書きください

住所	〒				
氏名		職業		年齢	
新刊情報等のパソコンメール配信を 希望する・しない		Eメール	※携帯には配信できません		

あなたにお願い

この本の感想を、編集部までお寄せいただけたらありがたく存じます。今後の企画の参考にさせていただきます。Eメールでも結構です。

いただいた「一〇〇字書評」は、新聞・雑誌等に紹介させていただくことがあります。その場合はお礼として特製図書カードを差し上げます。

前ページの原稿用紙に書評をお書きの上、切り取り、左記までお送り下さい。宛先の住所は不要です。

なお、ご記入いただいたお名前、ご住所等は、書評紹介の事前了解、謝礼のお届けのためだけに利用し、そのほかの目的のために利用することはありません。

〒一〇一-八七〇一
祥伝社黄金文庫編集長　吉田浩行
☎〇三（三二六五）二〇八四
ohgon@shodensha.co.jp

祥伝社ホームページの「ブックレビュー」からも、書けるようになりました。
http://www.shodensha.co.jp/bookreview/

祥伝社黄金文庫

救心録《きゅうしんろく》　善人《ぜんにん》は、なぜまわりの人《ひと》を不幸《ふこう》にするのか

平成21年9月5日　初版第1刷発行
平成26年5月25日　　　第8刷発行

著　者　曽野綾子《そのあやこ》
発行者　竹内和芳
発行所　祥伝社《しょうでんしゃ》
〒101－8701
東京都千代田区神田神保町3－3
電話　03（3265）2084（編集部）
電話　03（3265）2081（販売部）
電話　03（3265）3622（業務部）
http://www.shodensha.co.jp/

印刷所　萩原印刷
製本所　ナショナル製本

Printed in Japan　© 2009, Ayako Sono　ISBN978-4-396-31494-1 C0195

祥伝社黄金文庫

曽野綾子
運命をたのしむ
すべてを受け入れ、少し諦《あきら》め、思い詰めずに、見る角度を変える…生きていることがうれしくなる一冊！

曽野綾子
〈敬友録〉
「いい人」をやめると楽になる
縛《しば》られない、失望しない、傷つかない、重荷にならない、疲れない〈つきあい方〉。「いい人」をやめる知恵。

曽野綾子
〈安心録〉
「ほどほど」の効用
失敗してもいい、言い訳してもいい、さぼってもいい、ベストでなくてもいい、息切れしない〈つきあい方〉

曽野綾子
現代に生きる聖書
何が幸いか、何が強さか、何が愛か、聖書から得る、かくも多くのもの。

曽野綾子
原点を見つめて
かくも凄《すさ》まじい自然、貧しい世界があったのか。しかし、私たちは、そこから出発したのだ。

曽野綾子
〈幸福録〉
ないものを数えず、あるものを数えて生きていく
「数え忘れている〝幸福〟はないですか？」幸せの道探しは、誰にでもできる。人生を豊かにする言葉たち。